0,50

HEYNE

Kim Harrison

BLUTMAGIE

WILHELM HEYNE VERLAG
MÜNCHEN

Titel der amerikanischen Originalausgabe
UNDEAD IN THE GARDEN OF GOOD AND EVIL
Deutsche Übersetzung von Vanessa Lamatsch

Verlagsgruppe Random House FSC-DEU-0100
Das für dieses Buch verwendete
FSC®-zertifizierte Papier *Holmen Book Cream*
liefert Holmen Paper, Hallstavik, Schweden.

Deutsche Erstausgabe 02/2011
Redaktion: Charlotte Lungstrass
Copyright © 2006 by Kim Harrison
Copyright © 2011 der deutschsprachigen Ausgabe
by Wilhelm Heyne Verlag, München,
in der Verlagsgruppe Random House GmbH
Printed in Germany 2011
Umschlaggestaltung: Nele Schütz Design, München
Satz: Leingärtner, Nabburg
Druck und Bindung: GGP Media GmbH, Pößneck

ISBN 978-3-453-52787-4

www.heyne-magische-bestseller.de

I

Ivy Tamwood schaufelte sich noch ein wenig Chili auf ihre Pommes und lehnte sich über das Wachspapier, damit nichts auf ihren Schreibtisch tropfte. Das Telefon hatte sie zwischen Schulter und Ohr geklemmt. Kisten ließ sich über irgendwas oder irgendwen aus. Sie hörte ihm nicht zu, weil sie genau wusste, dass er ihre halbe Mittagspause lang reden würde, bevor er endlich zum Ende kam. Es war wirklich schön, am Nachmittag neben dem Kerl aufzuwachen, und es war wunderbar, sich vor Sonnenaufgang mit ihm zu amüsieren, aber er redete einfach zu viel.

Was der Hauptgrund ist, ihn zu ertragen, sinnierte sie und ließ die Zunge über ihre Zähne gleiten, bevor sie schluckte. Ihre Welt war seit dem Flug von Kalifornien nach Hause zu schnell von lebhaft zu still übergegangen. *Mein Gott, sind es schon sieben Jahre?* Ein Kind aus einer hochkastigen Familie in eine wohlwollende Camarilla zu überführen und sie für die letzten zwei Jahre der High School aus ihrer Familie und ihrem Zuhause zu reißen, war ein ungewöhnlicher Schritt gewesen. Aber Piscary, der Meistervampir, zu dem ihre Familie aufsah, hatte ein zu intensives Interesse an ihr gezeigt, bevor sie die mentalen Werkzeuge entwickeln konnte, um damit umzugehen.

Ihre Eltern hatten trotz hoher Kosten für sich selbst interveniert und damit wahrscheinlich ihre geistige Gesundheit gerettet. *Meine Probleme allein würden Freud lebenslang mit Havannas versorgen*, dachte Ivy und nahm sich noch einen Bissen Kohlenhydrate mit Proteinen. Mit dreiundzwanzig sollte sie eigentlich weit genug entfernt sein von der Sechzehnjährigen, die verängstigt auf dem Rollfeld gestanden hatte. Aber selbst jetzt noch, nach vielen verschiedenen Blut- und Bettpartnern, einem sechsjährigen Studium der Sozialwissenschaften und mit einem herausragenden Job, in dem sie ihre Ausbildung auch einsetzen konnte, musste sie feststellen, dass ihr Selbstbewusstsein immer noch an genau die Dinge geknüpft war, die sie fertigmachten.

Sie vermisste Skimmer. Sie hatte sie ständig daran erinnert, dass das Leben mehr bot, als nur auf sein Ende zu warten, um dann wirklich anzufangen zu leben. Und auch wenn Kisten ihrer Zimmergenossin auf der High School nicht im Geringsten ähnelte, hatte er in diesen letzten paar Jahren diese Lücke angenehm ausgefüllt.

Ivy schaute mit einem bösartigen Lächeln durch die Glaswand, die den Blick auf ein ganzes Stockwerk voller Schreibtische freigab. Sie überschlug die Beine und lehnte sich weiter über den Tisch, während sie darüber nachdachte, welche ganz besondere Lücke Kisten als Nächstes füllen sollte.

»Verdammte Vampirpheromone«, hauchte sie und richtete sich wieder auf. Es passte ihr nicht, wohin ihre Gedanken wanderten, wenn sie zu viel Zeit in den unteren Stockwerken des Inderland-Security-Hochhauses verbrachte. Seit sie beim Morddezernat der I.S. arbeitete, hatte sie ein echtes Büro bekommen statt einem Schreibtisch neben allen anderen Lakaien, aber es gab zu viele Vamps – sowohl lebende als auch untote – hier unten, sodass die Klimaanlage nicht damit fertig wurde.

Kistens Tirade über dämliche Scherzanrufe endete plötzlich. »Was haben Vamppheromone damit zu tun, dass meine Pizza-Lieferanten von Menschen angegriffen wurden?«, fragte er in einem lausig schlechten britischen Akzent. Das war sein neuester Tick, und sie hoffte inständig, dass er bald den Spaß daran verlieren würde.

Sie rollte ihren Stuhl näher an den Tisch und nahm einen Schluck von ihrem Mineralwasser, während sie ihre Augen auf die geschlossene Bürotür der Chefin auf der anderen Seite des Raums gerichtet hielt. »Nichts. Soll ich auf dem Weg nach Hause irgendwas holen? Ich komme hier vielleicht früher raus. Art ist im Büro, was heißt, dass jemand gestorben ist und ich arbeiten muss. Ich wette um den ersten Biss, dass er mir die Mittagspause kürzen will« – sie nahm noch einen Schluck – »und das hole ich mir dann am Ende des Tages zurück.«

»Nein«, sagte Kisten. »Danny geht heute einkaufen.«

Einer der Vorteile, wenn man über einem Restaurant wohnt, dachte sie, während Kisten eine Einkaufsliste herunterleierte, die sie nicht im Geringsten interessierte. Sie zog den Teller mit den Pommes vom Tisch und stellte ihn sich auf den Schoß, achtete aber sorgfältig darauf, dass nichts auf ihre Lederhose fiel. Die Tür der Chefin öffnete sich und erregte ihre Aufmerksamkeit. Art kam heraus und schüttelte Mrs. Pendleton die Hand. Er war fast eine halbe Stunde dort drin gewesen. Er hielt einen Stapel Papiere in der Hand, und Ivys Pulsschlag beschleunigte sich. Sie saß schon viel zu lange hier rum und zermarterte sich den Kopf über Arts ungelöste Mordfälle. Der Mann hatte keinerlei Berechtigung, im Morddezernat zu arbeiten. Tot hieß nicht automatisch klug.

Außer die Klugheit liegt darin, uns so zu manipulieren, dass wir den Untoten unser Blut geben. Ivy zwang sich, weiterzuessen, und dachte darüber nach, dass die Untoten ihre lebenden Vampirverwandten eher aus Eifersucht ins Visier nahmen, und weniger, um das gute Verhältnis zu den Menschen zu bewahren, wie sie immer behaupteten. Da sie mit dem Vampirvirus in ihrem Genom geboren worden war, genoss Ivy einen Teil der Stärken der Untoten, ohne die Nachteile wie Lichtempfindlichkeit oder Schmerzen durch religiöse Symbole hinnehmen zu müssen. Auch wenn ihre Fähigkeiten nicht an die von Art herankamen, war sie doch stärker und konnte besser hören als jeder Mensch und ihr Geruchssinn war für die sanfteren Gerüche von Schweiß und Pheromonen sensibilisiert. Der Blutdurst der Untoten war bei ihr keine biologische Notwendigkeit, sondern mehr eine Blutlust, die ein unvergleichliches Hochgefühl auslöste, wenn sie gestillt wurde … und wenn sie mit Sex gemischt wurde, machte sie schnell abhängig.

Ivys Blick wanderte unfreiwillig zu Art, und er lächelte sie an, als würde er ihre Gedanken lesen. Er kam direkt auf sie zu und der Papierstapel in seiner Hand wirkte wie eine Absichtserklärung. Sie verlor den Appetit und wirbelte ihren Stuhl so herum, dass sie dem Raum den Rücken zuwandte. »Hey, Kist«, sagte sie und unterbrach damit seine Ausführungen über die schlechten Pilze, die Danny neulich gekauft hatte, »Planänderung. Wenn ich mir den Papierstapel so anschaue, ist das einer von den Aufträgen, wo ich hinter Art herräume. Ich werde wohl nicht vor Sonnenaufgang nach Hause kommen.«

»Schon wieder?«

»Schon wieder?«, äffte sie ihn nach und spielte mit einem Stift herum, bis ihr aufging, dass das ihre Laune verriet. Sie legte ihn mit einem scharfen Knall auf den Tisch zurück. »Gott, Kisten. Bei dir klingt das so, als wäre es jede Nacht.«

Kisten seufzte. »Lass den Papierkram bis morgen liegen, Liebes. Ich weiß nicht, warum du dich so reinhängst. Du wirst nicht befördert werden, bevor Artie Smartie nicht von dir kosten durfte.«

»Meinst du?«, fragte sie. Ihr Gesicht wurde heiß und ihr verging endgültig der Appetit. Sie knallte den Teller auf ihren Schreibtisch und zwang sich, ruhig sitzen zu bleiben, obwohl sie am liebsten jemanden geschlagen hätte. Kampfsport-Meditation hatte sie bis jetzt vor Gerichtsterminen bewahrt; sie definierte sich hauptsächlich über ihre Selbstkontrolle.

»Du kanntest das System, als du den Job angenommen hast«, redete er ihr gut zu, und Ivy zog die Ärmel ihres engen schwarzen Pullovers von den Ellbogen zu den Handgelenken runter, um die Narben dort zu verbergen. Sie konnte fühlen, wie Art den Raum durchquerte, und Adrenalin sorgte dafür, dass ihr Magen sich zusammenzog. *Es ist ein Auftrag*, rechtfertigte sie sich, aber sie wusste, dass Art der Grund für das Kribbeln war, nicht die Chance, mal aus dem Büro rauszukommen.

»Warum, glaubst du, arbeite ich lieber mit Piscary als für die I.S.?«, sagte Kisten gerade, Worte, die sie schon viel zu oft gehört hatte. »Gib ihm, was er haben will. Mir ist es egal.« Er lachte. »Zur Hölle, es wäre vielleicht sogar ganz nett, wenn du mal nach Hause kommst und einen Film schauen willst, statt mich auszusaugen.«

Sie griff nach ihrer Wasserflasche und leerte sie bis auf den letzten Tropfen, bevor sie sich den Mund abwischte. Sie hatte das System gekannt – zur Hölle, sie war darin aufgewachsen –, aber das hieß nicht, dass sie die Gesellschaft mochte, nach deren Regeln sie spielen musste. Sie hatte beobachtet, wie diese Regeln das Leben ihrer Mutter beendet hatten, beobachtete jetzt, wie sie ihren Vater aussaugten und ihn Stück für Stück umbrachten. Aber es war der einzige Weg, der ihr offenstand. Und sie war gut darin. Sehr gut. Und das machte ihr am meisten Sorgen.

Sie versteifte sich, als Art seine braunen Augen auf ihren Nacken richtete. Untote Vamps schauten sie so an, seit sie vierzehn geworden war; sie kannte das Gefühl. »Ich dachte, du wärst wegen der Dentalvorsorge bei Piscary geblieben«, sagte sie sarkastisch. »Seine Zähne in deinem Hals.«

»Ha, ha. Sehr witzig!« Kistens gute Laune beruhigte sie kein bisschen.

»Ich mag, was ich tue«, sagte sie und hob eine Hand, als es an der Tür klopfte. Sie drehte sich nicht um, aber sie registrierte den stimulierenden, erotischen Geruch des untoten Vampirs, der in ihrer Tür stand. »Ich bin verdammt gut darin«, fügte sie hinzu, um Art daran zu erinnern, dass sie dafür verantwortlich war, dass seine Aufklärungsquote in den letzten sechs Monaten drastisch gestiegen war. »Zumindest bin ich kein Pizzalieferant.«

»Ivy, das ist nicht fair.«

Es war ein Tiefschlag, aber Art beobachtete sie, und das würde jedem auf die Nerven gehen. Nach sechs Monaten gemeinsamer Arbeit hatte er all ihre Eigenarten kennengelernt, konnte ihren Pulsschlag und ihre Atmung lesen und wusste genau, was sie anmachte. In letzter Zeit hatte er dieses Wissen zu seinem Vorteil eingesetzt und ihr das Leben zur Hölle gemacht. Es war nicht so, als wäre er nicht attraktiv – Gott, das waren sie alle –, aber er arbeitete schon seit dreißig Jahren auf demselben Posten. Sein Mangel an Ehrgeiz sorgte nicht gerade dafür, dass sie ihm an die Kehle springen wollte. Und über ihre Instinkte zu etwas verführt zu werden, das ihr Wille eigentlich ablehnte, hinterließ einen schlechten Geschmack in ihrem Mund.

Und was noch schlimmer war: Nachdem sie das erste Mal voller Blutlust nach Hause gekommen war und festgestellt hatte, dass Piscary auf sie wartete, war ihr klargeworden, dass der Meistervampir die Partnerschaft wahrscheinlich eingefädelt hatte, weil er wusste, dass sie sich widersetzen würde – und Art darauf bestehen würde. Das wiederum sorgte dafür, dass sie nach Hause kam und bereit war, ein wenig Druck abzulassen. Traurig war nur, dass sie sich selbst nicht sicher war, ob sie sich Art widersetzte, weil sie ihn nicht mochte, oder ob sie auf die Ungewissheit abfuhr, nicht zu wissen, ob es Piscary, Kisten oder beide zusammen sein würden, mit denen sie sich wieder beruhigte.

Aber ihre Schwäche war kein Grund, Kisten anzublaffen. »Entschuldige«, sagte sie in das verletzte Schweigen hinein.

Kisten antwortete sanft, verzeihend, da er genau wusste, wie hart das Spiel war, das Art mit ihr trieb. »Musst du gehen, Liebes?«, fragte er mit diesem dämlichen Akzent. *Wer versuchte er überhaupt zu sein?*

»Yeah.« Kisten schwieg, und sie fügte hinzu: »Bis heute Abend.« Sie spürte die seltsame Verengung ihrer Kehle und das zunehmende Bedürfnis, jemanden zu berühren. Es war die erste Phase einer ausgewachsenen Blutlust, und ob sie von Kisten ausgelöst worden war oder von Art spielte keine Rolle. Art wäre derjenige, der versuchte, daraus Gewinn zu schlagen.

»Tschüss«, antwortete Kisten angespannt und legte auf. Er sagte, es würde ihm nichts ausmachen, aber er war genauso lebendig wie sie und spürte Eifersucht wie jeder andere auch. Dass er den Entscheidungen, die sie treffen musste, so verständnisvoll gegenüberstand, machte es noch schlimmer. Sie fühlte sich oft, als wären sie wie Kinder in einer kaputten Familie, in der Liebe von Sex pervertiert worden war und der einfachste Weg zum Überleben darin bestand, sich zu unterwerfen. Ihre unsichtbaren Handschellen waren von ihren eigenen Körperzellen erschaffen und durch Manipulation noch verstärkt worden. Und sie wusste nicht, ob sie sie ablegen würde, selbst, wenn sie es gekonnt hätte.

Ivy musterte ihre blassen Finger, als sie den Hörer auflegte. Nicht der Ansatz eines Zitterns. Kein Hinweis auf ihre zunehmende Anspannung. So hielt sie sie auf Abstand – ruhig, still, ohne Gefühl –, eine Fertigkeit, die sie gelernt hatte, als sie im Sommer immer bei Piscarys gearbeitet hatte. Sie hatte ihre Lektion so gut gelernt, dass nur Skimmer wusste, wer sie wirklich sein wollte, obwohl sie Kisten auch genug liebte, um ihm kurze Einblicke zu gewähren.

Sorgfältig löschte sie jedes Gefühl aus ihrer Miene, dann drehte sie ihren Stuhl herum. Art stand im Türrahmen, mit dem Papierstapel in seinen langen Fingern. Offensichtlich hatten sie einen Auftrag. Der Menge der Dokumente nach zu schließen konnte es nicht allzu eilig sein. Wahrscheinlich eine Aufräumaktion aus den Zeiten, bevor sie seine Partnerin geworden war und angefangen hatte, mit Schaufel und Besen hinter ihm herzuräumen.

»Ich esse gerade«, sagte sie, als wäre das nicht offensichtlich. »Kann es nicht noch verdammte zehn Minuten warten?«

Der tote Vampir – auf dem Papier mindestens fünfzig Jahre älter als sie, dem Aussehen nach in ihrem Alter – nickte mit einer einstudierten Bewegung, die sowohl Routine als auch eine gesunde Dosis Sexappeal enthielt. Schwarze Locken umrahmten seine braunen Augen, die sie unverwandt ansahen. Sein kleines, jungenhaftes Gesicht und sein knackiger Arsch ließen ihn wirken wie das Mitglied einer Boy-Band. Er hatte auch ungefähr so viel Persönlichkeit, außer, er strengte sich wirklich an. Aber, Gott, er roch gut. Sein Aroma vermischte sich mit ihrem und löste eine chemische Reaktion aus, die ihre Libido in ungeahnte Höhen trieb. »Ich werde warten«, sagte er mit einem Lächeln.

Oh, Freude. Er wird warten. Arts wohlmodulierte Stimme jagte einen erwartungsvollen Schauer über ihre Wirbelsäule. Verdammt in die Hölle, er war hungrig. Oder vielleicht war er auch gelangweilt. Er würde warten. Er wartete seit sechs Monaten und hatte währenddessen gelernt, wie man sie am besten manipulieren konnte. Und sie wusste, dass sie mehr als nur Spaß haben würde, wenn sie es zuließ.

Die Blutlust der lebenden Vampire war an ihre Sexualität geknüpft, eine evolutionäre Anpassung, die sicherstellte, dass untote Vampire immer eine willige Blutquelle hatten, um sich vor dem Wahnsinn zu bewahren. Um »Blut gebeten zu werden« führte zum sexuellen Höhepunkt; je älter und erfahrener der Vampir war, desto besser war der Orgasmus, und das höchste der Gefühle war natürlich, von einem mächtigen untoten Vampir gebissen zu werden.

Art war seit vier Jahrzehnten tot und hatte die schwierige Dreißig-Jahr-Marke bereits hinter sich gelassen. An dieser Schwelle gelang es den meisten Untoten nicht mehr, ihre geistige Gesundheit zu erhalten, so dass sie letztendlich in die Sonne gingen. Warum Art immer noch arbeitete, war ihr ein Rätsel. Er musste das Geld brauchen, denn er war definitiv nicht gut in seinem Job.

Der Vampir atmete tief ein und sog ihre Laune in sich auf wie sie ein feines Parfüm. Weil er ihre ansteigende Anspannung fühlte, ging Art um ihren Schreibtisch herum und setzte sich in den Ledersessel in der Ecke. Ihr Gesicht wurde ausdruckslos, während ihr Puls sich beschleunigte. Art war der Einzige, der jemals dort saß. Die meisten Leute respektierten ihre Versuche, Bürofreundschaften zu vermeiden – wenn ihr scharfer Sarkasmus und die Tatsache, dass sie die meisten einfach ignorierte, nicht schon ausreichten. Aber Art mochte sie ja nicht wegen ihrer Persönlichkeit, sondern wegen ihres Rufs, den er erst noch kosten musste.

Ivy starrte auf ihren penibel aufgeräumten Schreibtisch und atmete einmal tief durch. Er war tot, und sie war am Leben. Sie waren beide Vampire, die von Blut angetrieben wurden: sie sexuell, er um zu überleben. Eine Verbindung, die im Himmel geschlossen wurde – oder in der Hölle.

Art lehnte sich lächelnd zurück und verschränkte die Beine, so dass ein Knöchel auf dem Knie ruhte. Er wirkte gleichzeitig mächtig und entspannt. Langsam strich er sich die Haare zurück und ließ dann seine Finger aufreizend über sein glattrasiertes Gesicht gleiten, mit dem er versuchte, eine jüngere Generation anzusprechen, die dem, was er zu bieten hatte, offener gegenüberstand.

Der nächste Schauer lief über ihren Rücken. Es machte keinen Unterschied, dass er von Arts Pheromonen ausgelöst wurde und nicht davon, dass sie sich wirklich für ihn interessierte. Das Verlangen, ihren Blutdurst zu stillen, war genauso ein Teil von ihr wie das Atmen. Unausweichlich. *Warum es nicht hinter sich bringen?* Dem Klatsch nach, weil sie sich eben gern widersetzte, nicht, weil es erwartet wurde. Und deswegen saß er da in seinem teuren Anzug und den maßangefertigten Schuhen, mit diesem frechen Grinsen. Die Toten konnten es sich leisten, geduldig zu sein.

»Löst du noch ein paar ungelöste Probleme?«, fragte sie trocken mit einem Blick auf das Bündel Papiere und lehnte sich zurück. Sie wollte die Arme über der Brust verschränken, aber stattdessen legte sie die Füße auf den Schreibtisch. *Selbstbewusst. Sie hatte sich und ihr Verlangen unter Kontrolle.* Art konnte sie in eine willige Bittstellerin verwandeln, wenn er sie verzauberte, aber das war Betrug, und er würde dadurch mehr verlieren als nur sein Gesicht. Er würde den Respekt aller Vampire im Haus verlieren. Er musste um ihr Blut pokern. Es wurde erwartet, dass er mit ihrer Blutlust spielte, aber sie zu verzaubern würde Piscary wütend machen. Sie war kein Mensch, den man einfach ausnutzen und dann den Papierkram »anpassen« konnte. Sie war der letzte lebende Tamwood-Vampir und das verlangte Respekt, besonders von ihm.

»Mord«, sagte er, und seine Zähne blitzten in seinem dunklen Gesicht, das seit Jahrzehnten keine Sonne mehr gesehen hatte. »Wir können es vor dem Fotografen an den Tatort schaffen, wenn du mit deinem ... Mittagessen fertig bist.«

Sie ließ zu, dass ein Teil ihrer Überraschung sich auf ihrem Gesicht zeigte. Bei einem Mord gäbe es nicht so viele Informationen. Nicht mehr. Sie hatte die Quote der gelösten Fälle hoch genug gehoben, dass sie unter den Ersten am Tatort waren. Was hieß, dass sie eine Adresse bekamen, keine ganze Akte. Als sie auf den Stapel Papiere schaute, die er auf seinem Schoß gelagert hatte, zog er sie schnell zur Seite, so dass ihr Blick genau auf die Stelle fiel, von der er wollte, dass sie sie ansah. Sie war kurz irritiert. Schnell hob sie den Kopf, um seinen Blick zu erwidern, und sein Lächeln wurde breit genug, um einen Ansatz von Reißzahn zu zeigen.

»Das?«, fragte er und stand mit einer geschmeidigen, übermenschlich schnellen Bewegung auf. »Das ist deine halbjährliche Beurteilung. Bist du bereit? Wir müssen über die Brücke in die Hollows.«

Leicht beunruhigt stand Ivy auf. Ihre Arbeit war vorbildhaft und wie aus dem Handbuch. Art wollte nicht, dass sie befördert wurde und damit über ihn hinauswuchs, aber man konnte ihr im schlimmsten Falle nur eine Verwarnung aussprechen. Und sie hatte nichts getan, was das rechtfertigen würde. Eigentlich war das Schlimmste, was passieren konnte, dass er ihr ein schlechtes Zeugnis ausstellte und sie noch sechs Monate hier festhing.

Ihr Job im Morddezernat war ein kurzer Stopp auf dem Weg dorthin, wo sie hingehörte – das obere Management, wo ihre Mutter gearbeitet hatte und wo Piscary sie haben wollte. Sie hatte erwartet, dass sie hier ein halbes Jahr, vielleicht auch ein Jahr, bleiben und mit Art arbeiten würde, bis ihre dann geschliffenen Fähigkeiten sie in die Abteilung Arkanes führten und von dort weiter ins Management und schließlich in ein Kellerbüro. Gott sei Dank hatten ihr Geld und ihre Ausbildung ihr die Deppenposition als Runner erspart. Runner standen auf der niedrigsten Stufe im I.S.-Hochhaus, die Straßenpolizisten, die Knöllchen verteilten. Da anzufangen hätte sie gute fünf Jahre zurückgeworfen.

Selbstbewusst und sinnlich schob sich Art an ihr vorbei, während er seine Hand über ihre obere Rückenpartie gleiten ließ – eine professionelle Anerkennung ihrer Vertrautheit, die keinen Anstoß erregen konnte. Er führte sie aus dem Büro. »Lass uns meinen Wagen nehmen«, sagte er, nahm ihre Tasche und ihren Mantel von dem Haken hinter der Tür und gab sie ihr. Das Klappern von Metall ließ sie die Hand heben, und sie schloss die Finger um seine Autoschlüssel, als er sie in ihre Handfläche fallen ließ. »Du fährst.«

Ivy sagte nichts, und ihre Blutlust löste sich in Sorge auf. Dass ihre Beurteilung bei ihm gute Laune auslöste, hieß nicht, dass es ihr genauso gehen würde. Nach außen hin völlig unbesorgt ging sie mit ihm zu den Aufzügen. Auf dem Weg dorthin war sie in der ungewöhnlichen Position, den Kollegen ins Gesicht schauen zu müssen. Sie hatte sich hier keine Freunde gemacht, deshalb sah sie statt Mitgefühl spöttische Befriedigung.

Ihre Anspannung stieg, aber sie achtete darauf, dass ihre Atmung gleichmäßig blieb, so dass auch ihr Puls sich beruhigte. Was auch immer Art in ihre Beurteilung gekritzelt hatte, es würde sie noch sechs Monate hier festhalten – ihr Familienname und ihr Geld hatten sie so weit gebracht wie es möglich war. Wenn sie die Bürospielchen nicht mitspielte, würde sie hier auch bleiben. *Mit Art? Dem köstlich riechenden, gut aussehenden, aber glanzlosen Art?*

»Fickt euch«, flüsterte sie und fühlte, wie ihr Blut unter der Haut zirkulierte und ihr Verstand zwei Stufen hochschaltete. Das würde nicht passieren. Sie würde so gut und hart arbeiten, dass Piscary mit Mrs. Pendleton reden würde. Das würde sie hier rausschaffen und dort hinbringen, wo sie hingehörte.

»Das ist die Idee«, murmelte Art, weil er nur ihre Worte, nicht ihre Gedanken gehört hatte. Aber Piscary würde ihr nicht helfen. Der Bastard genoss die Nebenwirkungen davon, dass Arts ständige Versuche, sie zu verführen und ihr Blut zu schmecken, sie frustriert und hungrig nach Hause trieben. Wenn sie damit nicht allein zurechtkam, dann verdiente sie die Erniedrigung, den Rest ihres Lebens hinter Art herzuräumen.

Sie blieben vor den zwei Aufzügen stehen. Ivy hatte ein Bein nach vorne gestellt. Sie war frustriert und lauschte auf die leisen Gespräche, die aus nahe gelegenen Büros drangen. Art war attraktiv – durch die Pheromone noch mehr, Gott helfe ihr –, aber sie respektierte ihn nicht und ihre Instinkte die Oberhand über ihren Verstand gewinnen zu lassen, selbst um ihre Karriere voranzutreiben, klang für sie nach Versagen.

Art lehnte sich zu nah zu ihr, um den Knopf zu drücken. Sein Geruch überschwemmte sie, und während sie gegen das reine Vergnügen ankämpfte, beobachtete sie, wie seine Augen zu der großen Uhr über den Türen wanderte, um sicherzustellen, dass die Sonne untergegangen war. Sie konnte fühlen, dass er sicher war, heute Nacht seinen Willen zu bekommen, und das machte sie wütend.

Sie trommelte mit der Fußspitze auf den Boden und ihr Spiegelbild in den glänzenden Aufzugstüren tat dasselbe. Hinter ihr beobachtete Arts Spiegelbild sie mit einem wissenden Ausdruck auf dem jungenhaften Gesicht. *Er ist ein Arsch. Ein mächtiger, sexy, eingebildeter Arsch.* Weil sie war, wer sie war, wurde angenommen, dass sie ihre Stellung über Blut verbessern würde, nicht durch ihre Fähigkeiten oder ihr Wissen. So lief das Geschäft nun mal, wenn man ein Vampir war. So war es immer gewesen. So würde es immer sein. Es gab Papiere, die unterschrieben werden mussten, und rechtliche Vorschriften, die beachtet werden mussten, wenn ein Vampir jemand anderen haben wollte als einen anderen Vampir. Aber nachdem sie in diese Welt hineingeboren worden war, unterlag sie Regeln, die älter waren als die Gesetze der Menschen oder der Inderlander. Dass sie darauf konditioniert war, es zu genießen, wenn sie Blut gab, ließ sie mit dem Gefühl zurück, eine Hure zu sein, und der Angst, dass sie allein enden würde. Sie wusste, dass es mit Art so sein würde.

Schon ihre Mutter hatte gesagt, dass es der einzige Weg war, ihnen zu geben, was sie wollten – sich selbst zu verkaufen und sich immer weiter zu verkaufen, bis sie eine Stellung erreicht hatte, wo niemand mehr Ansprüche an sie stellen konnte. Wenn sie das tat, würde sie über Art hinaus befördert werden, und jemand, der ein wenig klüger und um einiges verkommener war als Art, würde ihr neuer Partner werden. Jeder würde auf ihrem Weg nach oben mal kosten wollen. Gott, sie könnte sich genauso gut die Reißzähne abbrechen und sich zu einem ungebundenen Schatten machen. Aber sie war mit Piscary aufgewachsen und hatte gelernt, dass die Manipulation immer subtiler wurde, je älter und mächtiger der Vampir war, bis man sie mit Liebe verwechseln konnte.

Sie atmete tief durch und griff sich an den Pferdeschwanz, zu dem sie ihre Haare heute Nachmittag gebunden hatte. Sie zog am Haargummi und schüttelte ihre hüftlangen Haare aus. Die Haare und ihre braunen Augen hatte sie von ihrer Mutter. Ihre ein Meter achtzig Körpergröße und die helle Haut hatte sie von ihrem Vater. Ihre asiatische Herkunft wurde von ihrem ovalen Gesicht mit dem herzförmigen Mund und den schmalen Augenbrauen genauso betont wie von ihrem durchtrainierten Körper mit den langen Beinen. Sie hatte keine Piercings bis auf Ohrlöcher und einen Bauchnabelring, zu dem Skimmer sie überredet hatte, als sie nach ihrem Examen auf Brimstone waren. Sie hatte ihn als Erinnerung behalten. *Dreiundzwanzig und des Lebens schon überdrüssig.*

Art musterte ihr Spiegelbild neben seinem, und seine Augen wurden schwarz, als sie ihre genervte Haltung in eine sinnliche verwandelte. Gott, sie hasste es ... aber sie würde es auch genießen. Was zur Hölle stimmte nicht mit ihr?

Sie entfernte sich von Art und lehnte ihren Rücken gegen die Aufzugtür, während sie auf den Lift warteten. »Du bist ein Narr, wenn du glaubst, dass ich mich von einer

Beurteilung in diesem Drecksjob halten lasse«, sagte sie, und es war ihr egal, ob die Leute in der Nähe sie hören konnten. Sie hatten wahrscheinlich Wetten laufen, wann und wo er ihre Haut aufreißen würde.

Art bewegte sich mit einer aufgesetzten Langsamkeit, die Augen pupillenschwarz. Er wusste, dass er sie hatte; das war Vorspiel. Sie schloss die Augen, als er seinen Unterarm neben ihrem Kopf an die Wand legte und sich vorbeugte, um ihr ins Ohr zu flüstern: »Ich mag es, wenn du mir folgst und meine offenen Enden verknüpfst. Meine Lücken füllst. Meinen Papierkram erledigst.«

Er roch wie die Asche von Blättern, dämmrig und schwer, und der Geruch glitt direkt in den primitiven Teil ihres Hirns, um dort einen Schalter umzulegen. Ihr Atem stockte kurz, dann atmete sie schneller. Selbstekel stieg auf, von dem sie wusste, dass er immer wieder auftauchen würde, nur um wieder zu verschwinden. Dann witterte sie, sog seinen Geruch tief in sich auf, bis er ihre Abneigung gegen ihn unter dem süßen Versprechen auf Blutekstase begrub und ihr Wunsch, ihm aus dem Weg zu gehen, von dem schnellen, bitteren Verlangen nach Blut verdrängt wurde. Sie wusste, was sie tat. Sie wusste, sie würde es genießen. Manchmal fragte sie sich, warum sie sich damit so quälte. Kisten machte das nie.

Sie ließ ihren Mantel, ihre Tasche und seine Schlüssel auf den Boden fallen, schlang einen Arm um seinen Hals und zog ihn näher an sich, während sie ein einladendes Geräusch von sich gab und ihr Gehirn abschaltete, um ihre geistige Gesundheit zu bewahren. »Was muss ich tun, damit du meine Beurteilung nochmal überdenkst?«

Sie lehnte sich vor und fühlte, wie sein Lächeln breiter

wurde. Sein Ohrläppchen war warm, als sie ihre Lippen darum legte und mit einer Andeutung von Zahn daran saugte. Er ließ seine Finger über ihr Schlüsselbein zur Schulter gleiten und schob dabei seine Finger unter ihren Pulli. Sie schloss die Augen, und ihre Muskeln verspannten sich. Sein Atem streifte ihren Hals, ein leises Versprechen, sie mit erlesenem Verlangen zu erfüllen und es dann wild zu befriedigen.

Der Lift klingelte und glitt auf, aber keiner von beiden bewegte sich. Art atmete tief durch, als die Tür sich wieder schloss, und gab ein leises Knurren von sich, das sie tief in der Seele erschütterte. »Dein Papierkram ist tadellos«, sagte er und verschob seine Finger, so dass er ihren Nacken umklammerte.

Ein Stich von Blutleidenschaft schoss durch ihren Körper. Ohne zu denken riss sie ihn an sich und wirbelte ihn herum, bis Arts Rücken an die Wand knallte. Sie fühlte, wie ihr Kiefer sich verspannte und wusste, dass ihre Pupillen erweitert waren. *Warum hatte sie das aufgeschoben? Es würde wunderbar werden. Was interessierte es sie, ob sie ihn respektierte? Als würde er sie respektieren? Als würde irgendwer irgendwen respektieren?*

»Und meine Ermittlerfähigkeiten sind phänomenal«, sagte sie, schob ein Bein zwischen seine und hakte ihren Fuß hinter seinem Schuh ein, so dass sie ihn an sich ziehen konnte, bis ihre Hüften sich berührten. Adrenalin schoss verheißungsvoll durch ihre Adern.

Art lächelte und zeigte die längeren Reißzähne, die der Tod ihm verschafft hatte. Ihre waren im Vergleich dazu kurz, aber sie waren mehr als scharf genug, um den Job zu erledigen. Untote Vampire liebten sie. Sie verglich es gerne mit der Art, wie Perverse Kinder mochten. »Das ist wahr«, sagte er, »aber deine sozialen Fähigkeiten haben keinen Biss.« Er lächelte breiter. »Präziser ausgedrückt, du beißt nicht.«

Ivy lachte, tief und ehrlich. »Ich mache meinen Job, Artie.«

Der Vampir schob sich nach vorne und zusammen landeten sie an der gegenüberliegenden Wand. Ivy biss die Zähne zusammen, als er versuchte, sie physisch zu manipulieren. Es gab ihr das Gefühl, sie würde nur tierischen Instinkten folgen. Sie hatte es so lange aufgeschoben, dass es vielleicht die ganze Nacht gehen würde, wenn sie es zuließ.

»Hier geht es nicht um deinen Job«, erklärte Art, und seine Finger zogen Spuren über ihren Körper, denen er mit seinen Lippen folgen wollte, aber es gab klare Regeln, dass im Gebäude kein Blut genommen werden durfte. Sie konnte flirten und ihn scharfmachen, ihn in den Wahnsinn treiben, sich von ihm über die Kante treiben lassen, aber Blut würde es nicht geben. Erst später.

»Es geht um die Zeit, die du reinsteckst«, fuhr er fort, und Ivy schauderte, als seine Lippen ihren Hals berührten. Gott helfe ihr, er hatte eine alte Narbe gefunden. Ihr Puls raste, als sie ihn von sich wegschob und wieder drehte, so dass er zwischen ihr und der Wand war. Er ließ es zu.

»Ich stecke jede Menge Zeit rein.« Ivy legte eine Hand auf seine Schulter und schob ihn nach hinten. Er stieß mit einem Knall gegen die Wand und seine schwarzen Augen glitzerten hinter seinen dunklen Locken. »Was wird in meiner Beurteilung stehen, Mr. Artie?« Sie lehnte sich an seinen Hals, nahm eine Hautfalte zwischen die

Zähne und zog. Sie schloss die Augen, und in der Blutlust, die in ihren Adern pulsierte, vergaß sie, dass sie im Flur standen, tief unter der Erde, wo die Luft nur von Ventilatoren bewegt wurde.

Art genoss das Gefühl, das sie wissentlich in ihm ausgelöst hatte, und ließ es wachsen. Er war lange genug tot, um über die Zurückhaltung zu verfügen, mit der man das Vorspiel bis an die Grenzen ausreizen konnte. »Du bist streitlustig, verschlossen und weigerst dich im Team zu arbeiten«, sagte er mit rauchiger Stimme.

»Oh …« Sie zog einen Schmollmund und packte die Haare in seinem Nacken fest genug, dass es wehtat. »Ich bin nicht so schlimm, Mr. Artie. Ich bin ein braves Mädchen… wenn man mich richtig motiviert.«

In ihrer Stimme lag ein künstliches Lispeln, spielerisch und gleichzeitig gebieterisch, und er reagierte darauf mit einem tiefen Grollen. Die Hitze darin traf sie bis ins Mark, und sie ließ ihn los. Sie hatte seine Grenze gefunden.

Er bewegte sich so schnell, dass sie die Bewegung eher fühlte als sah. Plötzlich lag seine Hand über ihrer und zwang sie zurück in seine Haare, schloss sie über den schwarzen Locken. »Deine Einschätzung ist subjektiv«, sagte er, und sein Blick ließ sie den Atem anhalten. »Ich entscheide, ob du befördert wirst. Piscary hat gesagt, du wärst die Jagd wert, würdest mich in der I.S.-Hierarchie nach oben ziehen, während du dich widersetzt. Er hat auch gesagt, dass du letztendlich nachgeben würdest und ich so einen besseren Job bekäme und eine Kostprobe von dir.«

Ivy zögerte, und Eifersucht breitete sich in ihr aus. Art war eingebildet genug, zu glauben, dass Piscary sie ihm gegeben hatte, wo Piscary in Wirklichkeit Art dazu einsetzte, sie zu manipulieren. Auf indirekte Art war es ein Kompliment, und sie verachtete sich selbst dafür, dass sie Piscary dafür umso mehr liebte, dass alles in ihr nach der Aufmerksamkeit und dem Wohlwollen des Meistervampirs schrie, während sie ihn gleichzeitig dafür hasste.

»Ich gebe auf«, sagte sie, und Wut gesellte sich zu ihrer Blutlust. Es war eine mächtige Mischung, nach der die meisten Vamps sich sehnten. Und hier war sie und gab es ihm. Das Einzige, was sie noch lieber mochten, war der Geschmack von Angst.

Aber Art überraschte sie mit einem herrischen Lächeln. »Nein«, rügte er und benutzte seine untote Stärke, um sie zurück gegen die Aufzugtür zu drängen. Ihr Rücken knallte hart dagegen, und sie rang nach Luft. »So einfach ist es nicht mehr. Vor sechs Monaten hättest du noch mit einem kleinen Biss und einer neuen Narbe davonkommen können, mit der ich hätte angeben können. Aber jetzt nicht mehr. Ich will wissen, warum Piscary dich so unglaublich verhätschelt. Ich will alles, Ivy. Ich will dein Blut und deinen Körper. Oder du kommst nicht aus diesem stinkigen kleinen Büro raus, ohne mich hinter dir herzuschleppen.«

Ungewohnte, schockierende Angst breitete sich in ihr aus und umklammerte ihr Herz. Art fühlte es und witterte. »Gott, ja«, stöhnte er, und seine Finger zuckten. »Gib mir das ...«

Ivy fühlte, wie ihr Gesicht kalt wurde, und sie versuchte, Art von sich zu stoßen. Aber es gelang ihr nicht. Blut konnte sie geben, aber Blut *und* ihren Körper? Sie war fast wahnsinnig geworden in dem Jahr, als Piscary sie zu sich gerufen hatte, sie gebrochen hatte, ihren jugendlichen Körper mit Ekstase gefüllt hatte, die sie kaum ertragen konnte, bevor er ihre Seele in die tiefsten Tiefen stieß, um sie dafür zahlen zu lassen. Sie hatte auf Knien um mehr betteln und alles tun müssen, um ihm zu gefallen. Sie wusste, dass es eine präzise Manipulation gewesen war, die er schon an ihrer Mutter geübt hatte, und davor an ihrer Großmutter und davor an ihrer Urgroßmutter, bis er so gut darin war, dass sein Opfer um den Missbrauch flehte. Und auch das hatte sie nicht davon abgehalten, es zu wollen.

Er hielt sein Wort, und sie bekam alles zurück, was sie gab. Und sie brachte sich fast um mit den Höhen und Tiefen, während Piscary sorgfältig eine Abhängigkeit von der Euphorie des Blutteilens aufbaute, sie formte und mit ihrem Wunsch nach Liebe und Akzeptanz verband. Er hatte sie in einen wilden, leidenschaftlichen Blutpartner verwandelt – erfüllt von den exotischen Wünschen, die sich bilden, wenn man tiefere Gefühle wie Liebe und Schuld mit etwas vermischte, das genau betrachtet ein wilder Akt war. Dass er es getan hatte, um ihr Blut süßer zu machen, spielte keine Rolle. So war sie nun, und ein schuldbewusster Teil in ihr suhlte sich in dieser Freiheit, die sie sich überall anders versagte.

Sie hatte überlebt, indem sie sich einredete, dass Blut zu teilen bedeutungslos war, wenn man es nicht mit Sex vermischte. Dass es erst dann zu einem Zeichen von Liebe wurde. Sie wusste, dass die zwei in ihrem Kopf so verbunden waren, dass sie sie nicht trennen konnte, aber sie war immer in der Position gewesen zu entscheiden, mit wem sie sich teilte. So hatte sie die Einsicht umgangen, dass ihre geistige Gesundheit von einer Lüge abhing. Aber jetzt?

Sie schaute tief in Arts schwarze Augen und registrierte

seine spöttische Befriedigung genauso wie seine kontrollierte Blutlust. Er wäre ein exquisiter Rausch, gleichzeitig geübt und gut aussehend. Er würde sie zum Brennen bringen, sie nach seinem Zug an ihr betteln lassen und im Gegenzug würde sie ihm alles geben, was er wollte, und noch mehr – und sie würde allein und missbraucht aufwachen, nicht umschlungen von schützenden Armen, die ihr ihre pervertierten Gelüste verziehen, auch wenn dieses Verzeihen aus noch mehr Manipulation geboren wurde.

Sie biss die Zähne zusammen, schob Art von sich und löste ihren Rücken von der Wand. Er trat überrascht einen Schritt zurück.

Sie wollte das nicht. Sie hatte sich mit der Lüge geschützt, dass Blut nur Blut war, und war auf den geistigen Schmerz vorbereitet gewesen, sich in diesem Teil von sich zur Hure zu machen. Aber Art wollte Blut mit Sex mischen. Das käme der Lüge zu nahe, mit der sie sich am Leben hielt. Sie konnte es nicht tun.

Arts Lust verwandelte sich in Wut, ein Gefühl, das die Grenze zum Tod überschritt, wo Mitgefühl es nicht konnte. »Warum magst du mich nicht?«, fragte er bitter und riss sie an sich. »Bin ich nicht genug?«

Ivys Puls raste, und sie verfluchte sich selbst für ihren Mangel an Kontrolle. *Er war genug. Er war mehr als genug, um ihren Hunger zu befriedigen, aber sie hatte auch eine Seele, die befriedigt werden wollte.* »Du hast keinen Ehrgeiz«, flüsterte sie, und ihre Instinkte zogen sie in seine Wärme, auch wenn ihr Verstand laut Nein schrie. Arts Kinn zitterte, und sein berauschender Duft erfüllte sie, löste einen Krieg in ihr aus. Was, wenn sie dem Konflikt diesmal nicht aus dem Weg gehen konnte? Sie hatte sich immer abwenden können, um zu vermeiden, ihre Instinkte und ihren Willen gegeneinander antreten zu lassen – aber hier war das nicht möglich.

»Dann schaust du nicht genau genug.« Art packte ihre Schulter so fest, dass es wehtat. »Entweder ich erfahre, warum Piscary dich so verhätschelt, oder du ziehst mich mit dir nach oben, eine Beförderung nach der anderen. Mir ist es egal, Ivy-Mädchen.«

»Nenn mich nicht so«, sagte sie, und Angst mischte sich in die sexuelle Hitze, die er in ihr auslöste. Piscary nannte sie so, der Bastard. Wenn sie nachgab, würde es sie in der Arbeit auf die Überholspur bringen, aber es würde das töten, was sie geistig gesund hielt. Und wenn sie an ihrer Lüge festhielt und ablehnte, würde Art sie seine Drecksarbeit machen lassen.

Arts Lächeln wurde herrschsüchtig, als er sah, dass sie die Falle durchschaut hatte. Dass Piscary das alles wahrscheinlich arrangiert hatte, um ihre Entschlossenheit auf die Probe zu stellen, ließ sie den Meistervampir nur umso mehr lieben. Sie war verkorkst. Verkorkst und verloren.

Aber ihre tiefe Vertrautheit mit dem System, in das sie hineingeboren worden war, würde sie retten. Während sie ihre Panik unter Kontrolle bekam, fing ihr Kopf an zu arbeiten und ein bösartiges Lächeln zog ihre Mundwinkel nach oben. »Du hast etwas vergessen, Art«, sagte sie, und die Anspannung fiel von ihr ab, als sie Passivität vorspielte und einfach nur in seinem Griff hing. »Wenn du meine Haut ohne meine Erlaubnis durchstößt, wird Piscary dich pfählen lassen.«

Alles, was sie tun musste, war ihren Hunger kontrollieren. Das konnte sie.

Er packte sie fester und grub seine Finger in ihren Hals, wo ein kosmetischer Eingriff die sichtbaren Narben von Piscarys Inbesitznahme entfernt hatte. Die Narben waren verschwunden, aber die starke Mischung aus neuronalen Stimulatoren und Rezeptor-Mutagenen blieb. Piscary hatte sie in Besitz genommen, ihren gesamten Körper so sensibilisiert, dass er sie nur mit einem Gedanken und seinen Pheromonen vergangene Leidenschaften neu spüren lassen konnte. Aber trotzdem fühlte sie einen Stich von Verlangen bei dem Gedanken, wie Arts Zähne in ihre Haut glitten. Sie musste von ihm wegkommen, bevor ihre Blutlust die Kontrolle übernahm.

»Das wusstest du, oder?«, spottete sie, während ihre Haut kribbelte.

»Du wirst es genießen«, hauchte er, und das Kribbeln verwandelte sich in Hitze. »Wenn ich mit dir fertig bin, wirst du um mehr betteln. Warum sollte es eine Rolle spielen, wer zuerst zubeißt?«

»Weil ich gerne Nein sage«, wehrte sie ab und stellte fest, dass es ihr schwerfiel, nicht ihre Fingernägel über seinen Nacken zu ziehen, um Leidenschaft in ihm auszulösen. Sie konnte es. Sie wusste genau, wie fantastisch es sich anfühlen würde, ein Monster wie ihn zu beherrschen und völlig unter Kontrolle zu haben. Ihre Angst war verschwunden und ohne sie kehrte ihre Blutlust umso stärker zurück. »Wenn du mein Blut ohne meine Zustimmung nimmst, werde ich dich zum Runner degradieren lassen«, sagte sie. »Du kannst flehen, du kannst drohen, du kannst dir das Handgelenk aufschlitzen und mir auf die Lippen bluten, aber wenn du mein Blut nimmst, ohne dass ich zugestimmt habe, dann ... verlierst du.«

Sie beugte sich vor, bis ihre Lippen fast seine berührten. »Und ich gewinne«, beendete sie ihren Satz, während ihr Puls raste und sie sich danach verzehrte, seine Hand auf ihrer Haut zu spüren.

Er schob sie weg. Ivy fing sich ohne Probleme und lachte.

»Piscary hat gesagt, dass du dich widersetzen würdest«, sagte er drohend. Die Anspannung in seiner Haltung ließ ihn gleichzeitig bedrohlich und attraktiv erscheinen.

Gott, was man mit dem hier alles anstellen könnte, dachte sie, ohne es zu wollen. »Piscary hat Recht«, sagte sie und ließ eine Hand provokativ über ihre Hüfte gleiten. »Du bist dieser Situation nicht gewachsen, Art. Ich sage gerne Nein. Ich werde dich dazu treiben, dass du mein Blut ohne mein Zustimmung nimmst, und dann?« Sie lächelte, trat näher, schlang die Arme um seinen Hals und spielte mit den Locken über seinem Ohr.

Die Augen schwarz vor Hunger lächelte Art, nahm ihre Finger in seine und küsste ihre Fingerspitzen. Der Hauch von Reißzahn an ihrer Haut ließ sie erzittern. »Gut«, sagte er mit rauchiger Stimme. »Die nächsten sechs Monate werden die pure Hölle.«

Instinkte regten sich. Sie leckte sich über die Lippen und trat zurück. »Du hast keine Ahnung.«

Er zog sich zu der Wand neben den Aufzügen zurück. Mit einem freundlichen Bimmeln öffneten sich die Türen, als er auf den Rufknopf drückte. Er trat in den Lift, immer noch mit diesem bösartigen Lächeln auf den Lippen. »Kommst du?« Er sah einfach zu gut aus, um ihm zu widerstehen.

Ivy spürte die Anziehungskraft, als sie ihre Sachen und

seine Schlüssel wieder aufhob. Ihr Puls war schneller als ihr lieb war, und sie fühlte sich angespannt wie ein Drahtseil, weil der Hunger in ihr pulsierte. *Verdammt, es war erst neun. Wie sollte sie das Ende der Schicht erreichen, ohne den Postboten anzufallen?*

»Ich nehme mein Motorrad«, sagte sie und warf ihm die Schlüssel zu. »Wir treffen uns dort. Setz besser deine Kappen auf. Ich will aus diesem Drecksjob raus, und ich würde mal sagen, dir bleibt noch eine Woche. Du wirst nicht fähig sein, mir zu widerstehen, wenn ich es drauf anlege.«

Art lachte und senkte den Kopf. »Ich bin älter als du denkst, Ivy. Du wirst mich spätestens am Freitag anbetteln, meine Zähne in dir zu versenken.«

Die Tür schloss sich, und der Aufzug hob sich Richtung Parkgarage. Ivy fühlte, wie ihre Pupillen schrumpften, als die Belüftungsanlage die Pheromone verwirbelte, die sie beide ausgestoßen hatten. Eine Woche, und sie würde nicht mehr unter ihm arbeiten. Noch eine Woche und sie wäre auf dem Weg nach oben, wo sie hingehörte.

»Eine Woche, und der Bastard wird mich anfallen«, flüsterte sie und fragte sich gleichzeitig, ob sie am Ende wohl wirklich als Gewinner dastehen würde.

2

Ich habe es einmal zwei ganze Wochen geschafft, mich Piscary zu widersetzen, dachte Ivy, als ihr Motorrad auf den Parkplatz des Apartmenthauses rollte. Art hatte nicht mal die Chance eines Kackhaufens in der Kanalisation von Cincy.

Mit neuem Selbstbewusstsein parkte sie ihr Motorrad unter einer Straßenlaterne, damit die versammelten I.S.-Beamten es gut bewundern konnten. Es war eine Nightwing X-31, eine der wenigen Sachen, die sie sich geleistet hatte, nachdem sie ihren Job in der I.S. bekommen hatte und damit einen Gehaltsscheck, der nicht an Piscary oder ihre Mutter gebunden war. Wenn sie damit fuhr, war sie frei. Sie freute sich nicht gerade auf den Winter.

Während der Motor noch provokativ unter ihr grollte, musterte Ivy den Multispezies-Notarztwagen und die zwei I.S.-Streifenwagen, deren Blaulichter die Gesichter der gaffenden Nachbarn erhellten. Das U.S.-Gesundheitssystem hatte sich kurz nach dem Wandel bereits an verschiedene Spezies angepasst – eine natürliche Entwicklung, da nur Inderlander im Untergrund, die das T4-Angel-Virus überlebt hatten, Gesundheitsleistungen anbieten konnten. Aber der Gesetzesvollzug hatte sich aufgeteilt, und nach sechsunddreißig Jahren würde es wohl auch so bleiben.

Das von Menschen geführte FIB, oder Federal Inderland Bureau, war noch nicht da. Art war auch noch nicht angekommen. Sie fragte sich, wer den Mord wohl gemeldet hatte. Der Mann, der in einer Pyjamahose hinten in einem I.S.-Wagen saß und Handschellen trug? Die aufgeregte Nachbarin mit Lockenwicklern, die gerade mit einem I.S.-Officer sprach?

Art war nicht das Einzige, was hier fehlte, und sie suchte den Parkplatz nach dem Wagen der I.S.-Spurensicherung ab. Sie würden nicht auftauchen, bis sicher war, dass Inderlander am Verbrechen beteiligt waren. Aber auch wenn viele Menschen auf dieser Seite des Flusses lebten, um von den niedrigeren Steuern in den Hollows zu profitieren, war es doch schwer vorstellbar, dass der Mord eine rein menschliche Angelegenheit war.

Der Mann im Streifenwagen war in Gewahrsam genommen worden. Wäre er ein Inderlander, wäre er schon auf dem Weg ins Hochhaus. Es schien, als hätten sie einen menschlichen Verdächtigen und würden darauf warten, dass das FIB ihn einsammelte. Wahrscheinlich würde sie den Tatort fast makellos vorfinden, nur ohne Leute, damit er auch so blieb.

»Idiotischer Mensch«, murmelte sie, machte ihre Maschine aus, stellte sie auf den Ständer und schob sich den Schlüssel so in die Tasche ihrer Lederhose, dass der Totenkopf-Anhänger heraushing. Seine Frau oder Freundin tot wegen so was Dämlichem wie Sex oder Geld. Menschen wussten nicht mal, wo echte Wut ihren Ursprung hatte.

Sie versteckte ihre Abscheu hinter einer ausdruckslosen Miene, nahm den Helm ab und atmete tief die kühle Nachtluft ein. Der Mann hinten im Streifenwagen schrie und versuchte, ihre Aufmerksamkeit zu erregen.

»Ich wollte ihr nicht wehtun!«, schrie er, seine Stimme durch das Fenster gedämpft. »Ich war es nicht! Ich liebe Ellie! Ich liebe Ellie! Sie müssen mir glauben!«

Ivy klemmte sich ihre ID an ihre kurze Lederjacke und nahm sich einen Moment, um sich zu sammeln. Die Furcht des Mannes, nicht das Blut seiner Freundin, verschmierte die Scheiben und löste in ihr einen Anflug von Blutlust aus. Sein Gesicht war mit blutigen Kratzern überzogen. Der Mann hatte panische Angst. Ihn in den Streifenwagen zu sperren, bis das FIB ihn abholte, diente seiner eigenen Sicherheit.

Sie ging mit langsamen, verführerischen Schritten, die Aufmerksamkeit auf sich zogen, zur Eingangstür und dem Lichtfleck, in dem zwei Officer standen. Sie entdeckte ein vertrautes Gesicht, und es gelang ihr, sich ein wenig zu entspannen. »Hi, Rat«, sagte sie und blieb auf dem Vorplatz des Apartmenthauses stehen. »Bist du immer noch nicht gestorben?«

»Das liegt nicht daran, dass ich es nicht versuchen würde«, sagte der ältere Vampir und seine Falten wurden tiefer, als er lächelte. »Wo ist Art?«

»Beißt sich selbst«, antwortete sie, und Rats Partnerin, eine schmale Frau, lachte auf. Der lebende Vampir sah aus, als käme sie direkt von der High School, aber Ivy wusste, dass sie das einem Hexenzauber zu verdanken hatte. Die Frau näherte sich den fünfzig, aber der Verkleidungszauber konnte von der Steuer abgesetzt werden, da sie ihr

Aussehen einsetzte, um die zu beruhigen, die ... beruhigt werden mussten. Ivy nickte ihr wachsam zu, und ihre Geste wurde ebenso erwidert.

Der leise Geruch von Blut stieg ihr in die Nase. Es war nicht viel, aber nach Arts Versuch, sich an sie ranzumachen, arbeiteten ihre Sinne auf Hochtouren. »Ist die Leiche noch da drin?«, fragte sie und überlegte, ob sie sich die Situation nicht zunutze machen konnte. Art war noch nicht lange wach und seine Widerstandskraft wahrscheinlich noch schwach. Mit ein wenig Planung konnte sie ihn heute Nacht noch dazu bringen, einen Fehler zu machen. Sie unterdrückte ein erwartungsvolles Schaudern, als sie darüber nachdachte, was das implizierte.

Rat zuckte mit den Achseln und beäugte sie spekulativ. »Die Leiche ist im Notarztwagen. Bist du okay?«

Seine Zähne, die tief in sie sanken, das Salz seines staubigen Bluts auf ihrer Zunge, das Adrenalin in ihren Adern, während er das aus ihr sog, was sie am Leben hielt ... »Mir geht's gut«, sagte sie, dann fragte sie: »Vampir?« Normalerweise ließ man die Leichen für den Bestatter liegen, außer es gab eine Chance, dass sie von alleine wieder aufstanden.

Rats ausdrucksstarkes Gesicht wurde hart. »Nein.« Seine Stimme war sanft, und Ivy nahm ein paar Überzieh-Schuhe entgegen, die seine Partnerin ihr gab. »Hexe. Auch noch hübsch. Aber nachdem ihr gepfählt dämlicher Ehemann ermutigt worden war, seine Rechte zu ignorieren und zu gestehen, dass er sie zusammengeschlagen und erwürgt hat, haben sie sie rausgeschafft. Er ist ein Malerjob, Ivy. Nur gut genug, um ihn auszusaugen und die Wände damit zu streichen.«

Ivy runzelte die Stirn, und sie ignorierte den Mann,

der im Streifenwagen immer noch schrie. *Sie haben sie bewegt?*

Rat sah ihre Verwirrung und fügte hinzu: »Dreck, Ivy. Er hat gestanden. Wir haben Bilder. Da drin ist nichts mehr.«

»Da ist nichts mehr drin, wenn ich sage, dass da nichts mehr ist«, sagte sie und versteifte sich, als sie das tiefe Brummen von Arts altem Jaguar hörte. Verdammt, sie hatte als Erste drin sein wollen.

Ivys freiliegende Haut kribbelte, und sie fühlte eine Welle von Selbstekel. Gott helfe ihr, sie würde einen Tatort benutzen, um Art loszuwerden. Jemand war gestorben, und sie würde das einsetzen, um sich gegen ihren Willen von Art beißen zu lassen. Wie verdorben konnte man sein? Aber es war ein vertrautes Gefühl, das sie ebenso schnell unterdrücken konnte wie die anderen hässlichen Dinge in ihrem Leben.

Sie gab Rat ihre Tasche und bekam im Austausch einen Bleistift und ein Paket Asservatentüten. »Ich will einen Spurensicherungswagen hier haben«, sagte sie und ignorierte Rats unausgesprochene Anweisung, alle eventuell wichtigen Beweisstücke selbst einzusammeln. »Ich will, dass die Wohnung gesaugt wird, sobald ich raus bin. Und ich will, dass du aufhörst, meinen Job zu machen.«

»Tut mir leid, Ivy.« Rat grinste. »Hey, es läuft eine Wette wegen dir und Art ...«

Ivy trat vor und riss einen Arm nach vorne. Rat blockte den Schlag, packte ihr Handgelenk und zog sie an sich. Sie fiel gegen seine Brust. Er war doppelt so schwer wie sie. Seine Partnerin lachte. Ivy hatte gewusst, dass der Schlag niemals treffen würde, aber zumindest war sie so ein wenig von ihrem Frust losgeworden.

»Weißt du«, hauchte Rat, und sie konnte das frische Blut seiner Partnerin in seinem Atem riechen, »du solltest wirklich nicht diese hochhackigen Stiefel tragen. Sie bringen dich aus dem Gleichgewicht.«

Ivy drehte sich und entzog sich seinem Griff. »Ich habe aber gehört, dass es mehr wehtut, wenn man damit Bastarden wie dir in den Unterleib tritt«, sagte sie, und das nachlassende Adrenalin verursachte ihr Kopfweh. »Wer war sonst noch drin?«, fragte sie und dachte darüber nach, dass ein Raum, der nach Angst stank, genau das war, was sie brauchte, um Art zu einem Fehler zu treiben. Er stand momentan noch vor dem Streifenwagen, betrachtete den Menschen und ließ seinen Blutdurst wachsen. *Idiot.*

Rat rieb sich einladend den Hals. Gott, es hatte bereits angefangen. Bei Sonnenaufgang würden alle denken, sie wäre bereit, all die Gefälligkeiten auszuteilen, die notwendig waren, um in die unteren Kelleretagen zu kommen. Und sie würde gemobbt werden. Bei dem Gedanken an all die kommenden Innuendos, anzüglichen Vorschläge und ungewollten Angebote unterdrückte Ivy ein Seufzen. *Als wären die Pheromone nicht schon schlimm genug.* Vielleicht sollte sie das Gerücht in Umlauf bringen, dass sie eine Geschlechtskrankheit hätte.

»Die Leute aus dem Krankenwagen«, antwortete der Vampir. »Tia und ich, um ihn rauszuholen. Er weinte über ihrer Leiche, wie üblich. Eine Nachbarin hat es als Ruhestörung in der Nachbarwohnung gemeldet. Zum dritten Mal in diesem Monat, aber als es plötzlich ruhig wurde, bekam sie Angst und hat uns angerufen.«

Ivy runzelte die Stirn, atmete ein letztes Mal die saubere Nachtluft und trat in den Flur. Nicht zu viele Leute, um die Dinge durcheinanderzubringen, und Rat wusste genug, um nichts anzufassen. Der Raum würde so sauber sein, wie man es eben erwarten konnte. Und *sie* würde ihn nicht verunreinigen.

Der scharfe Geruch von Blut wurde stärker, und nachdem sie sich die blauen Füßlinge übergezogen hatte, tauchte sie unter dem Absperrband vor der offenen Tür hindurch. Sie blieb mitten in der Wohnung stehen und betrachtete das Leben anderer Leute: niedrige Decken, unauffälliger Teppich, alte Vorhänge, eine neue Couch, großer, aber billiger Fernseher, noch billigere Stereoanlage und Hunderte von CDs. Selbst gerahmte Bilder hingen an den Wänden und waren über die Regalbretter aus Pressspan verteilt. Weibliche Noten gab es nur vereinzelt, wie Farbtupfer. Das Opfer hatte hier noch nicht lange gelebt.

Ivy atmete tief durch, witterte die Wut, die noch in der Luft hing, ein unsichtbarer Wegweiser, der mit der Sonne verschwinden würde. Sie folgte dem Geruch von Blut ins Bad. Ein roter Handabdruck war am Rand der Toilette zu sehen und es gab mehrere Spuren auf der Badewanne und dem Vorhang. Jemand hatte sich seinen Kopf an der Badewanne aufgeschlagen. Die pinkfarbene Glühbirne tauchte alles in ein unwirkliches Licht. Ivy schaltete mit dem Ende ihres Bleistiftes den Ventilator ab und erinnerte sich selbst daran, Rat zu sagen, dass sie das getan hatte.

Das sanfte Brummen stoppte. In der einsetzenden Stille konnte sie leise Gespräche und die Lachkonserven einer Sitcom aus einer benachbarten Wohnung hören. Arts zufriedene Stimme drang aus dem Flur, und Ivys Blutdruck stieg an. Rat hatte gesagt, dass der Mann seine Frau erwürgt hatte. Sie hatte schon Schlimmeres gesehen. Und obwohl er ihr nicht gesagt hatte, wo sie die Leiche gefunden hatten, drang fast spürbare Wut über die Türschwelle des Schlafzimmers. Das Schloss war vor kurzem aufgebrochen, dann aber wieder repariert worden.

Ivy berührte den versteckten Schaden mit einem Finger. Das Schlafzimmer zeigte dieselbe Mischung aus nachlässigem Junggesellen und junger Frau, die sich mit wenig Geld Mühe gibt. Billige Rüschenkissen, pinkfarbene Spitze über hässlichen Lampenschirmen, dicker Staub auf den Metalljalousien, die nie hochgezogen wurden. Kein Blut außer ein paar Flecken, und die stammten wahrscheinlich vom Verdächtigen. Hübsche Kleider in Pink und Weiß lagen auf Bett und Boden verteilt und der Schrank war leer. Sie hatte versucht, ihn zu verlassen. Ein schwarzer Fernseher stand in einer Ecke, die Fernbedienung lag zerbrochen unter einer Dulle in der Wand, die nach Pflaster roch. Auf dem Teppich lagen Rats Karte und ein Foto der Frau, verdreht auf dem Boden neben dem Bett.

Ivy zwang sich, die Zähne voneinander zu lösen, und sog die Luft tief in sich auf. Sie las den Raum, als hätten die Gefühle der letzten paar Stunden ein Aquarellbild gemalt. Jeder Vampir konnte das.

Der Mann im Streifenwagen hatte die Frau verletzt, ihr panische Angst gemacht und sie zusammengeschlagen, und ihre Magie hatte ihn nicht aufgehalten. Sie war hier gestorben und der berauschende Duft ihrer Angst und seiner Wut löste eine verstörende und nicht ganz unwillkommene Blutlust in Ivy aus. Ihre Fingerspitzen schmerzten, und ihr Hals schien zuzuschwellen.

Das Geräusch von Arts schlurfenden Schritten war fast schmerzhaft für ihre angespannten Sinne. Ein Adrenalinstoß schoss in ihre Adern. Mit nur halbgeöffneten Augen drehte sie sich um und legte einen verführerischen Schwung in ihre Hüften. Arts Pupillen waren fast vollständig erweitert. Offensichtlich sprachen die Angst des Mannes draußen und die Gefühlsechos, die noch in diesem Raum widerhallten, seine Instinkte an. Vielleicht arbeitete er deswegen weiter im Morddezernat. Konnte der hübsche Mann vielleicht seine Reißzähne nicht ohne ein wenig Hilfe versenken?

»Ivy«, sagte er, und seine Stimme jagte wieder einen Schauder über sie, während sie gleichzeitig spürte, wie ihre Pupillen sich erweiterten. »*Ich* rufe die Spurensicherung, nicht du.«

Ivy veränderte ihre Haltung und machte einen Schritt zur Seite, um dafür zu sorgen, dass er nicht zwischen ihr und der Tür stand. »Du warst zu sehr damit beschäftigt, dir über der Angst des Verdächtigen einen runterzuholen«, sagte sie. Sie bewegte sich, als wollte sie gehen, weil sie genau wusste, dass das arme Opfer zu spielen seine Blutlust auslösen würde. Wie erwartet wurden Arts Pupillen größer, schwärzer. Sie fühlte ihn hinter sich, fast als würde sie gegen ihn gedrückt. Er zog sie in einen Bann, noch nicht richtig, aber er verstärkte seine vampirische Präsenz.

Art packte herrisch und besitzergreifend ihren Arm. Spielerisch tat sie so, als wolle sie sich ihm entziehen, bis er sie fester packte. »*Ich* rufe die Spurensicherung«, wiederholte er mit gefährlich leiser Stimme.

»Was ist los, Art?«, fragte sie träge und zog ihr Handgelenk zusammen mit seiner Hand an ihre Brust. »Magst du keine Frauen, die denken?« Hitze schoss durch ihren Körper. Sie genoss es, zog einen seiner Fingerknöchel an ihre Lippen und küsste ihn sanft, mit einer Andeutung von Zahn. Piscary hatte sie erschaffen, und trotz all seiner Erfahrung hatte Art keine Chance.

»Du glaubst, ich verliere wegen eines angsterfüllten Raumes und ein paar schwarzen Augen die Kontrolle?«, fragte er. Er sah gut aus in seinem italienischen Anzug und roch köstlich nach Wolle, Asche und sich selbst.

»Oh, ich fange gerade erst an.« Mit ihrer freien Hand löste sie Arts Finger von ihrem Handgelenk. Er hielt sie nicht auf. Sie ließ mit einem Lächeln ihre Zunge über die Zähne gleiten, so dass sie gleichzeitig verborgen und sichtbar waren. Die Angst im Raum durchfloss sie, entzündete Instinkte, die älter waren als die Pyramiden und die unaufhaltsam durch ihren jungen Körper tobten. Sie versteifte sich, als Blut unter ihre Haut stieg. Sie erwartete es, ritt die Gefühle wie eine Welle und genoss sie. *Sie konnte damit umgehen. Sie kontrollierte ihre Blutlust; ihre Blutlust kontrollierte nicht sie.*

Und als sie den seltsamen Druckverlust im Gesicht fühlte, der sagte, dass ihre Augen pupillenschwarz waren, drehte sie sich zu Art. Breitbeinig stand sie in der Mitte des Raumes, der nach Sex und Blut und Angst roch, öffnete die Lippen und stöhnte aufreizend. Ein Zittern hob sich in ihr und zog in ihren Unterleib, um ihr zu sagen, was folgen konnte, wenn sie es zuließ. Sie würde ihm ihr Blut nicht willig geben, und überraschenderweise turnte es sie an, dass er es sich vielleicht mit Gewalt nehmen würde.

»Mmmmm, riecht das gut hier drin«, sagte sie und kostete das Adrenalinhoch aus, das sie empfand, weil sie die

Kontrolle hatte. Sie kontrollierte dieses Monster, das sie mit einer Ohrfeige umbringen konnte, das ihre Kehle herausreißen und ihr Leben beenden konnte, das sie machtlos unter sich festnageln konnte – das aber ihr Blut nicht anrühren konnte, bis sie es ihm erlaubte, gebunden durch die Tradition und ungeschriebene Gesetze. Und wenn er es versuchen sollte, musste er dran glauben, und sie bekam einen besseren Job.

Ihr Puls raste, als sie einen Schritt näher trat. Er wollte sie – er war so bereit, dass seine Schultern steinhart waren und er die Hände zu Fäusten geballt hatte, um nicht nach ihr zu greifen. Sein innerer Kampf war in seinem Gesicht abzulesen, und er atmete nicht mehr. Es gab Gründe, warum Piscary sie verwöhnte. Das hier war ein Teil davon, aber alles würde Art niemals kosten dürfen.

»Kannst das ... nicht haben«, sagte sie gedehnt und ließ ihre Hand von ihren Schenkeln über den Bauch und die Brust nach oben gleiten, bis sie provokativ ihren Hals bedeckte. Sie fühlte ihren eigenen Pulsschlag, und es erregte sie selbst genauso sehr wie Art. Er wäre auf wilde Weise überwältigend. Sie atmete tief durch, stellte sich vor, wie seine Zähne in sie glitten, erinnerte sich durch das Versprechen an Tod auf seinen Lippen daran, dass sie am Leben war.

Fast ... wäre das es wert, zuzulassen, dass er sich durchsetzte.

Art las ihren Gedanken einfach aus der Luft ab. Er bewegte sich so schnell, dass sie ihm nicht folgen konnte. Ivy keuchte auf, und Angst breitete sich in ihrer Mitte aus. Er riss sie an sich. Seine Hand umklammerte ihren Nacken, die andere drehte ihr schmerzhaft den Arm auf den

Rücken. Er zögerte, als er sich wieder fing. Seine Augen waren schwarz und schmerzerfüllt von der Kontrolle, die er brauchte, um aufzuhören. Sie lachte, tief und rauchig.

»Kannst es nicht haben«, spottete sie und wünschte sich, er würde es sich nehmen, als sie ihren Kopf nach hinten fallen ließ, um ihre Kehle darzubieten. *Oh, Gott. Wenn er es nur tun würde ...* dachte sie, und ein leises Kribbeln in ihrem Inneren warnte sie, dass ein Krieg zwischen ihrem Hunger und ihrem Willen ausgebrochen war.

»Gib es mir«, stieß Art mit angespannter Stimme hervor. Sie lächelte, weil er schwächer wurde. »Gib mir das ...«

»Nein«, hauchte sie. Ihr Puls hämmerte unter seiner Hand, und sie schloss die Augen. Ihr Körper verlangte, dass sie Ja sagte, sie wollte Ja sagen. *Warum?*, dachte sie, und der Hunger wurde fast übermächtig, als sie ihre Hände auf seine harten Schultern legte. *Warum sagte sie nicht einfach Ja? So eine kleine Sache ... und er war so herausragend schön, selbst wenn er ihre Seele nicht berührte.*

Art spürte ihr Zögern, und ein tiefes Grollen hob sich in seiner Kehle. Er drückte sie an sich, so fest, dass er fast ihr gesamtes Gewicht hielt. Mit neuer Entschlossenheit beschnüffelte er ihren Halsansatz.

Ivy sog zischend die Luft ein und zog ihn näher. Feuer. Es war Feuer, das sich seinen Weg von ihrem Hals in ihren Unterleib brannte.

»Gib mir das«, verlangte er, und seine Lippen streichelten zeitgleich mit den Worten ihren Hals. Seine Hand glitt tiefer, schob sich zwischen ihre Jacke und ihren Pulli, umfasste ihre Brust. »Alles ...«, hauchte er, und sein Atem erfüllte sie, machte sie ganz.

In einer überwältigenden Welle hob sich der Instinkt

und unterwarf ihren Willen. *Nein!* Panik breitete sich in ihr aus, während ihr Körper danach bettelte. Es würde sie zu einer Hure machen, ihren Willen brechen und die Lüge zerstören, die sie gesund hielt. Schockiert bemerkte Ivy, dass ihre Lippen sich bereits geteilt hatten, um Ja zu sagen.

Die Realität hatte sie wieder, und aus reiner Angst heraus rammte sie ihm ihr Knie in den Schritt.

Art ließ sie los und fiel neben ihr auf die Knie, die Hände vor sein bestes Stück geschlagen. Ohne abzuwarten ging sie einen Schritt nach hinten und trat ihn noch gegen das Kinn. Sein Kopf wurde nach hinten gerissen, und er fiel neben dem Bett auf den Boden. »Du dämliches Miststück«, keuchte er.

»Arsch«, erwiderte sie und zitterte, als ihr Körper gegen den plötzlichen Stimmungswechsel protestierte. Sie stand über ihm und kämpfte gegen das Verlangen an, sich auf ihn zu werfen und ihre Zähne in ihn zu schlagen, während er hilflos vor ihr kniete. Verdammt, sie musste aus diesem Raum raus. Zwei unerfüllte Spiele um ihr Blut in einer Nacht waren hart an der Grenze.

Langsam richtete sich Art wieder auf und fing an zu lachen. Ivy fühlte, wie ihr Gesicht heiß wurde. »Steh auf«, blaffte sie und wich zurück. »Sie haben noch nicht gesaugt.«

Immer noch lachend rollte Art sich auf die Seite. »Das wird eine höllische Woche«, sagte er, dann zögerte er, die Augen auf den Teppich gerichtet, wo das Bettzeug herunterhing. »Gib mir eine Asservatentüte«, sagte er und griff in seine hintere Hosentasche.

Ivy trat vor, angezogen von seinem konzentrierten Ton, auch wenn die Blutlust noch in ihr tobte. »Was ist es?«

»Gib mir eine Tüte«, wiederholte er. Sein teurer Anzug vertrug sich überhaupt nicht mit dem hässlichen Teppich.

Sie zögerte, dann holte sie die Tüten, die auf den Boden gefallen waren. Sie schaute auf die Uhr und notierte Zeit und Ort, bevor sie eine davon Art gab. Immer noch auf dem Boden schob Art eine Hand unter das Bett und rollte mit dem Stift aus seiner Tasche etwas Glänzendes ins Licht. Mit unheimlicher Geschwindigkeit schnippte er es in die Tüte und stand auf. Der breiter werdende braune Rand um seine Pupillen zeigte, dass er sich wieder unter Kontrolle hatte. Lächelnd hob er die Tüte ans Licht.

Als sie seine Gelassenheit sah, spürte Ivy einen Stich der Verzweiflung. Es war für ihn nur ein Spiel gewesen. Er war niemals in Gefahr gewesen, die Kontrolle zu verlieren. *Scheiße*, dachte sie und spürte zum ersten Mal Zweifel, ob sie es schaffen konnte.

Aber dann sah sie, was er gefunden hatte, und ihre Besorgnis verwandelte sich erst in Verständnis – und dann in echte Sorge. »Eine Banshee-Träne?«, fragte sie, weil sie den tränenförmigen schwarzen Kristall erkannte.

Plötzlich bekamen die Worte des verzweifelten Mannes im Streifenwagen eine ganz neue Bedeutung. *Ich wollte ihr nicht wehtun. Ich war es nicht.* Mitleid stieg in ihr auf und sorgte dafür, dass das billige Elend um sie herum sie noch mehr anwiderte. Er *hatte* sie wahrscheinlich geliebt. Es war eine Banshee gewesen, die ihm Wut gefüttert hatte, bis er seine Frau getötet hatte, woraufhin sich die Banshee in ihrer Todesenergie gesuhlt hatte.

Es war immer noch Mord, aber der Mann war nur ein Werkzeug gewesen, nicht der Täter. Die Mörderin war irgendwo in Cincinnati, und die Entfernung zwischen ihr und dem Tatort würde es schwermachen, sie mit dem Verbrechen in Verbindung zu bringen. Deswegen war die Träne als Leitung zurückgelassen worden. Die Banshee hatte sich das Paar ausgesucht, war ihnen nach Hause gefolgt, hatte eine Träne versteckt, als sie nicht da waren, und als die Funken flogen, hatte sie die Wut des Mannes verstärkt, bis er nicht mehr widerstehen konnte. Es war keine Ausrede; es war Mord durch Magie – eine Magie, die älter war als die der Vampire. Vielleicht sogar älter als Hexen oder Dämonen.

Art schüttelte die Tüte einmal, um den schwarzen Kristall zum Glitzern zu bringen, bevor er den Arm senkte. »Wir haben jede Banshee in den Akten verzeichnet. Wir jagen die Träne durch den Computer und dann haben wir das Flittchen.«

Ivy nickte und fühlte, wie ihre Pupillen wieder kleiner wurden. Die I.S. beobachtete die kleine Banshee-Population genau, und wenn sich eine davon willkürlich in Cincinnati ernährte, konnte man mit noch mehr Toten rechnen, bevor sie erwischt würde.

»Also, wo waren wir?«, fragte Art und legte ihr einen Arm um die Hüfte.

»Bastard«, sagte Ivy, rammte ihm ihren Ellbogen in den Bauch und trat zur Seite. Der Schlag traf ihn nicht. Sie hielt ihr Gesicht ausdruckslos, als er sie aus gut drei Meter Entfernung anlachte. Gott, er sorgte dafür, dass sie sich wie ein Kind fühlte. »Warum gehst du nicht nach Sonnenaufgang nach Hause?«, knurrte sie.

»Willst du mich ins Bett bringen?«

»Fahr zur Hölle.«

Aus dem Flur hörte sie ein leises Gespräch. Die Spurensicherung war da. Art atmete tief durch und sog die Gerüche des Raumes in sich auf. Er schloss die Augen, und seine dünnen Lippen schürzten sich, als er wieder ausatmete, anscheinend glücklich über das, was er spürte. Ivy musste nicht atmen, um zu wissen, dass der Raum jetzt nach ihrer Angst stank, die sich mit der Furcht der toten Frau vermischte, bis es unmöglich war, sie voneinander zu trennen.

»Wir sehen uns im Büro, Ivy.«

Nicht, wenn ich dich erst pfähle, dachte sie und fragte sich, ob die Schikanen, die sie übermorgen ertragen müsste, es wohl wert wären, morgen einen Tag blauzumachen. Sie konnte sagen, dass sie wegen ihrer Geschlechtskrankheit beim Arzt war – und allen erzählen, dass sie sie von Art bekommen hatte.

Art schlenderte aus dem Raum, eine Hand in der Tasche. Mit der anderen ließ er die Banshee-Träne auf das Klemmbrett des eintretenden Beamten fallen. Der Werwolf zuckte zusammen, aber dann schaute er mit tränenden Augen auf. »Hoppla!«, sagte er und rümpfte die Nase. »Was habt ihr zwei hier drin getrieben?«

»Nichts.« Ivy fühlte sich klein und kalt, als sie in ihrer Lederkleidung in der Mitte des Raumes stand und zuhörte, wie Art sich von Rat und Tia verabschiedete. Sie zwang ihre Hände vom Hals, um zu zeigen, dass er makellos war.

»Das riecht nicht nach nichts«, spöttelte der Mann. »Riecht, als hätte jemand ...«

Ivy starrte ihn so böse an, dass er verstummte. Adrenalin schoss durch ihre Adern, diesmal ausgelöst von Sorge. Sie hatte einen Tatort mit ihrer Angst verunreinigt, aber in den Augen des Mannes stand Mitleid, nicht Empörung.

»Bist du okay?«, fragte er leise, sein Klemmbrett an die Brust gedrückt, während er offensichtlich erriet, was passiert war. In diesem Raum war zu viel Angst für nur eine Person, selbst für jemanden, der ermordet worden war.

»Prima«, sagte sie kurz angebunden. Psychische Angstlevel wurden nur aufgezeichnet, wenn eine Banshee beteiligt war. Dass sie nicht gewusst hatte, dass es so war, war keine Entschuldigung. Sie würde auf jeden Fall gerügt werden, und es würde noch schlimmer werden, wenn Art sie erpressen wollte. Und das würde er tun. Verdammt, konnte sie es ihm noch einfacher machen? Mit rotem Gesicht hob sie den Rest der Asservatentüten auf und gab sie dem Werwolf.

»Ich verstehe nicht, wie ihr mit den Toten arbeiten könnt«, sagte der Mann und versuchte, ihren Blick aufzufangen, aber Ivy ließ es nicht zu. »Hölle, ich klemme meinen Schwanz über die Eier, wenn sie mich nur anschauen.«

»Ich habe gesagt, mir geht's prima«, murmelte sie. »Ich will, dass gesaugt wird, abgestaubt und fotografiert. Macht euch nicht die Mühe, ein Angstlevel-Profil zu erstellen. Ich habe es verunreinigt.« Sie hätte den Mund halten können, aber lieber wurde sie offiziell gerügt als von Art erpresst. »Verheimlicht die Träne vor der Presse«, fügte sie hinzu und schaute auf den Kristall, der so klein und harmlos auf seinem Klemmbrett lag. »Das Letzte, was wir brauchen können, ist eine stadtweite Panik, so dass wir jedes Mal angerufen werden, wenn Teenies wegen ihrer Freunde heulen.«

Der Mann nickte. Sein Bartschatten war dunkel. Ivy unterdrückte den Gedanken, wie es sich wohl anfühlen würde, erst ihre Finger und dann ihre Zähne darüber gleiten zu lassen, und stiefelte aus dem Raum, auf der Flucht vor der Angst der ermordeten Frau. Ihr gefiel nicht, dass sie genauso roch wie ihre eigene Angst.

Ivy durchquerte schnell das Wohnzimmer und den Flur und bemühte sich, nicht zu atmen. Sie hätte es planen und sich nicht lächerlich machen sollen, indem sie versuchte, einer Eingebung zu folgen. Wegen ihrer Fehleinschätzung hatte Art sie jetzt am Genick. Es würde unmöglich sein, ihm den Rest des Tages aus dem Weg zu gehen. Vielleicht konnte sie sich mit Recherche über Banshees beschäftigen. Die Akten wurden in den oberen Stockwerken aufbewahrt. Art würde ihr vielleicht folgen, aber das Inderlanderverhältnis da oben tendierte überwiegend zu Hexen und Werwölfen. Also waren dort oben nicht nur die Pheromonlevel geringer, sondern es war auch einfacher, früher nach Hause zu gehen, weil der gesamte überirdisch liegende Teil des Hochhauses sich um Mitternacht leerte. Hexen und Werwölfe arbeiteten Schichten von drei Uhr bis Mitternacht. Nur in den unterirdischen Büros wurde nach dem sich jahreszeitlich verschiebenden Sonnenuntergang-bis-Sonnenaufgang-Schema gearbeitet.

Wein, dachte sie und zwang sich dazu, selbstbewusst und unbesorgt zu wirken, als sie auf der Schwelle des Apartmenthauses stand und feststellte, dass der erste Nachrichtenwagen bereits angekommen war. Sie würde auf dem Heimweg zwei Flaschen Wein holen, damit Kisten betrunken genug war, um sich nicht darum zu kümmern, wenn sie ihn verletzte.

3

Trotz ihrer Vorsätze, um Mitternacht zu gehen, war die Sonne bereits aufgegangen, als Ivy auf ihrer Maschine durch den morgendlichen Berufsverkehr glitt, auf dem Weg ins Hafenviertel und zu dem weitläufigen Apartment über Piscarys Restaurant, das sie und Kisten sich teilten. Dass sie für die Truppe arbeitete, die den Untergrund überwachte, den Piscary kontrollierte, war nicht überraschend oder unabsichtlich, sondern besonnene Planung. Obwohl er nicht auf der Gehaltsliste stand, lenkte Piscary die I.S. über ein kompliziertes System aus Gefälligkeiten. Er musste sich trotzdem an die Gesetze halten – oder zumindest durfte er sich nicht dabei erwischen lassen, wie er sie brach –, sonst würde er in den Knast wandern wie jeder andere auch. Ivy stellte sich immer vor, dass Camelot wahrscheinlich ungefähr so funktioniert hatte.

Ihre Mutter hatte bis zu ihrem Tod ganz oben in der I.S.-Hierarchie gearbeitet, und Ivy wusste, dass sie und Piscary sie genau dort haben wollten. Piscary beschäftigte sich mit Glücksspiel und Personenschutz – auf dem Papier beides legale Wege, sein Geld zu machen –, und der Meistervampir war schlau genug, sie nicht in eine Position zu bringen, wo sie sich zwischen dem, was sie tun wollte und dem, was ihr Job von ihr verlangte, entscheiden musste. So übel war die Korruption.

Oder so gut, dachte Ivy und kontrollierte, ob der Kerl hinter ihr sie auch bemerkt hatte, bevor sie abbremste und nach links auf den Parkplatz des Restaurants abbog. Hätte es nicht die Drohung gegeben, dass Piscary sich auf seine Art um aggressive Vamps kümmerte, wäre die I.S. nicht in der Lage gewesen, die Situation zu beherrschen. Sie war sich sicher, dass dies der Grund war, warum die meisten Leute inklusive des FIB so oft beide Augen zudrückten. Die I.S. war korrupt, aber die Leute, von denen die Stadt tatsächlich beherrscht wurde, schafften es sehr gut, Cincy zivilisiert zu halten.

Ivy stoppte ihre Maschine neben der Tür zur Küche und machte den Motor aus. Es war Mittwoch, und während an jedem anderen Tag die letzten Gäste gerade erst das Restaurant verlassen würden, lag der Parkplatz heute leer vor ihr. Piscary bestand auf einem Ruhetag. Zumindest würde sie nicht den Kellnern ausweichen müssen und natürlich ihren Fragen, warum ihre Pupillen halb erweitert waren. Sie brauchte vor dem Schlafengehen entweder ein langes Schaumbad, oder Kisten, oder beides.

Die Brise, die vom nahe gelegenen Fluss heranwehte, war kühl und roch nach Öl und Benzin. Sie atmete tief durch, um den Kopf freizubekommen, dann drückte sie mit dem Vorderreifen ihres Motorrads die Lieferantentür auf. Sie hatte nicht mal ein Schloss, so dass die Lastwagen zu jeder Zeit liefern konnten. Niemand würde Piscary bestehlen. Allem Anschein nach hielt er sich an die Gesetze, aber irgendwie würden Diebe trotzdem plötzlich sterben.

Mit ihrer Tasche und den zwei Weinflaschen in der Hand ließ sie ihre Maschine zwischen Kartons mit Tomaten und Pilzen stehen und stieg mit schnellen Schritten die Stufen zur Küche hinauf. Sie ging an den dunklen Arbeitsflächen und den kalten Öfen vorbei, ohne sie zu sehen. Der schwache Duft von gehendem Hefeteig vermischte sich mit den nachhallenden Gerüchen der Vampire, die hier arbeiteten. Sie fühlte, wie sie sich entspannte. Der Geruch beschwor Erinnerungen an die Sommer herauf, in denen sie in der Küche und später, als sie alt genug war, auch als Bedienung gearbeitet hatte. Sie war nicht unschuldig gewesen, aber damals war die Hässlichkeit noch unter dem Zauber des Nervenkitzels verborgen gewesen. Jetzt war sie nur noch müde.

Ihr Puls beschleunigte sich, als sie an den dicken Türen vorbeikam, die zu dem Aufzug führten, der das Restaurant mit Piscarys unterirdischer Wohnung verband. Der Gedanke daran, dass er sie mit beruhigenden Händen und kalkuliertem Mitgefühl aufnehmen würde, war genug, um ihr das Blut unter die Haut zu treiben. Aber die Irritation darüber, wie er sie manipulierte, ließ sie weitergehen in die Bar. Er würde sie nicht zu sich rufen. Er wusste, dass er ihr nur noch schlimmere seelische Schmerzen zufügen würde, wenn sie bettelnd zu ihm kommen musste, um sich seiner Liebe zu versichern, obwohl sie kaum fähig war, noch mehr zu ertragen.

Im eigentlichen Restaurant war es still, und die beruhigende Atmosphäre unter der niedrigen Decke schien ihr in die abgeschlossenen Partyräume im hinteren Teil zu folgen. Hinter einer Tür führte eine breite Treppe in den ersten Stock. Sie legte stützend eine Hand an die Wand, als sie die Treppe aus schwarzem Holz nach oben stieg, begierig darauf, in Kisten einen verständnisvollen Zuhörer zu finden, der nicht gleichzeitig darüber nachdachte, wie er sie manipulieren konnte.

Sie und Kisten lebten in dem Apartment, das durch den Ausbau der gesamten ersten Etage des alten Lagerhauses entstanden war. Ivy gefiel die Offenheit des Raums, der zufällig durch Paravents und die Aufstellung der Möbel in verschiedene Bereiche aufgeteilt war. Die Fenster waren groß und von außen mit dem Dreck von vierzig Jahren verschmiert. Piscary gefiel es nicht, dass alles so einsehbar war, und das verschaffte den beiden zumindest ein kleines Stück Sicherheit.

Ivy stellte die Weinflaschen auf dem Tisch am Ende der Treppe ab und dachte darüber nach, dass sie und Kisten wie zwei missbrauchte Kinder waren. Sie sehnten sich nach genau der Person, die sie missbraucht hatte, und liebten sie aus reiner Verzweiflung. Der Gedanke war nicht neu und hatte schon seit langem jeden Stich verloren.

Sie zog ihren Mantel aus, hängte ihn auf und stellte ihre Tasche neben die Weinflaschen. »Kist?«, rief sie. »Ich bin zu Hause.« Sie nahm die Flaschen wieder an sich und runzelte die Stirn. Vielleicht hätte sie drei holen sollen.

Niemand antwortete, und als sie Richtung Küche ging, um die Flaschen kalt zu stellen, stieg ihr der Geruch von Blut in die Nase und ließ sie zittern, als wäre er ein Stromstoß. Es war nicht Kistens Blut.

Sie blieb stehen und atmete tief durch. Dann drehte sie den Kopf zu der Ecke, wo die Lieferanten letzte Woche ihren Stutzflügel abgestellt hatten. Er hatte ein tieferes

Loch in ihre Finanzen gerissen als das Motorrad, aber sein Klang ließ sie alles vergessen, bis das letzte Echo verstummt war.

»Kist?«

Sie hörte ihn atmen, konnte ihn aber nicht sehen. Ihr Gesicht wurde ausdruckslos, und jeder Muskel verspannte sich, als sie zu den Sofas ging, die um den Flügel herumstanden. Das verwaschene Sonnenlicht, das durchs Fenster fiel, glitzerte auf dem schwarzen Holz. Sie fand Kisten auf dem weißen Perserteppich zwischen der Couch und dem Klavier. Vor ihm lag ein Mädchen in engen Jeans, einem schwarzen Spitzenoberteil und einem abgetragenen Ledermantel.

Kisten hob den Kopf, und in seinen Augen stand Panik. »Ich war es nicht«, beteuerte er. Seine blutigen Hände schwebten über der Leiche.

Scheiße. Ivy ließ die Flaschen auf die Couch fallen und kniete sich vor die beiden. Gewohnheit ließ sie nach einem Pulsschlag suchen, aber an ihrer Hautfarbe und dem Biss an ihrem Hals konnte sie sehen, dass die winzige Blondine trotz ihrer Wärme nicht mehr lebte.

»Ich war es nicht«, sagte Kisten wieder und schob seinen durchtrainierten Körper ein wenig nach hinten. Seine starken, muskulösen Hände zitterten, und die Oberseite seiner Fingernägel war mit einem roten Schein überzogen. Ivy schaute von seinen Händen in sein Gesicht und sah die Angst in seinen fast zarten Zügen, die er hinter einem rotblonden Bart versteckte. Auf seiner Stirn unter dem braunen Pony war ein Blutfleck, und sie unterdrückte gleichzeitig fasziniert und angewidert den Drang, das Blut wegzuküssen. *Das ist nicht, wer ich sein will.*

»Ich habe das nicht getan, Ivy!«, rief er, als sie weiter schwieg. Sie streckte den Arm über das Mädchen hinweg aus, um ihm die Haare aus der Stirn zu streichen. Die sanfte Erweiterung seiner Pupillen brachte ihren Atem zum Stocken. Gott, er war schön, wenn er aufgeregt war.

»Ich weiß, dass du es nicht warst«, sagte sie, und sofort entspannten sich Kistens breite Schultern. Sie fragte sich, ob das der Grund war, warum er so aufgeregt war. Nicht, weil er sich um Piscarys Fehler kümmern musste, sondern weil Ivy denken könnte, er habe es getan. Und so wurde ihr klar, dass er sie liebte.

Die hübsche Frau war Piscarys Lieblingstyp, mit langen hellen Haaren und einem kantigen Gesicht. Wahrscheinlich hatte sie blaue Augen. *Scheiße, scheiße und nochmal scheiße.* Ihr Hirn arbeitete daran, herauszufinden, wie man den Schaden minimieren konnte. »Wie lange ist sie schon tot?«

»Minuten. Auf keinen Fall mehr.« Kistens resonante Stimme klang wieder normaler. »Ich habe versucht, rauszufinden, wo sie wohnt, und wollte sie ein wenig saubermachen, aber sie ist direkt hier auf der Couch gestorben. Piscary ...« Er suchte ihren Blick und hob die Hand, um an einem von zwei Diamantohrringen in seinem Ohr zu ziehen. »Piscary hat mir gesagt, ich solle mich darum kümmern.«

Ivy schob sich auf den Rand der Couch hinter ihr. Es sah Kisten nicht ähnlich, so in Panik zu verfallen. Er war Piscarys Nachkomme, die Person, die der untote Vampir erwählt hatte, um sein Restaurant zu führen, seine Tagesarbeiten zu erledigen und seine Fehler zu vertuschen. Fehler, die gewöhnlich ungefähr einen Meter fünfzig groß und blond waren und ungefähr fünfzig Kilo wogen. Verdammt bis zur Hölle. Piscary hatte sich keinen solchen Ausrutscher mehr geleistet, seit sie gegangen war, um die High School an der Westküste zu beenden.

»Hat sie die Entlastungspapiere unterzeichnet?«, fragte sie.

»Glaubst du, ich wäre so aufgeregt, wenn sie das getan hätte?« Kisten strich das Haar der kleinen Frau glatt, als würde das etwas helfen. Gott, sie wirkte wie vierzehn, auch wenn Ivy wusste, dass sie eher an die zwanzig war.

Ivy presste die Lippen aufeinander und seufzte. Soviel zu einer Mütze Schlaf. »Hol die Plastikverpackung des Klaviers aus dem Müll«, sagte sie entschieden. Kisten stand auf und zog sein Seidenhemd zurecht. »In acht Stunden öffnet das Restaurant für die Inderlander und ich will nicht, dass der Laden nach totem Mädchen riecht.«

Kisten ging Richtung Treppe. »Beweg dich schneller, außer du willst, dass wir den Teppich mit dem Dampfreiniger bearbeiten müssen!«, rief Ivy und hörte, wie er den Rest der Treppe in einem Satz nahm.

Müde schaute Ivy auf die Tasche der Frau auf der Couch. Sie war emotional zu ausgelaugt, um sich darüber im Klaren zu sein, was sie fühlen sollte. Kisten war Piscarys Nachkomme, aber Ivy war diejenige, die im Notfall die Denkarbeit leistete. Es war nicht so, als wäre Kisten dumm – überhaupt nicht –, aber er war daran gewöhnt, dass sie die Kontrolle übernahm. Erwartete es. Mochte es.

Ivy stand auf, stemmte die Hände in die Hüften und dachte darüber nach, ob Piscary das Mädchen wohl getötet hatte, um Kisten dazu zu zwingen, Verantwortung zu übernehmen. Dann glitten ihre Augen zu den dreckigen Fenstern und dem Fluss in der Morgensonne. Es klang nach dem manipulativen Bastard. Wenn Ivy Art nachgegeben hätte, hätte sie den Morgen in seiner Wohnung verbracht – was nicht nur der nächste Schritt auf dem Weg zu der Management-Position gewesen wäre, die Piscary für sie wollte, sondern auch Kisten gezwungen hätte, allein damit klarzukommen. Dass die Dinge nicht so gelaufen waren, wie er sie geplant hatte, freute Piscary wahrscheinlich; er war stolz auf ihren Widerstand, weil so ihre Kapitulation nur umso süßer sein würde, wenn sie nicht mehr kämpfen konnte.

Verkorkst, ruiniert, hässlich, dachte sie und beobachtete, wie die Touristen-Raddampfer rauchten, weil sie ihre Kessel anheizten. Hatte es eine Zeit gegeben, in der sie nicht so gewesen war?

Das schleifende Geräusch von Plastik ließ sie den Kopf wenden und ohne eine überflüssige Bewegung oder Augenkontakt wickelten Kisten und sie die Frau in die Folie, bevor ihr Schließmuskel sich öffnen konnte. Sie verschränkten die Arme wie bei einer ägyptischen Mumie über der Brust und wickelten sie eng ein. Ivy schaute auf ihre Hände, nicht auf das verschwommene Gesicht hinter der Folie, und versuchte so, sich von dem zu distanzieren, was sie gerade taten, während Kisten und sie sich abwechselnd das Klebeband anreichten, das Kisten ebenfalls mitgebracht hatte.

Erst als das Mädchen von einer Person in ein Objekt verwandelt war, atmete Kisten auf, langsam und erschöpft. Ivy würde später um sie weinen. Und dann um sich selbst. Aber nur, wenn niemand sie hören konnte.

»Kühlraum«, sagte Ivy, und Kisten zögerte. Ivy sah zu ihm auf, ihre Hände bereits unter den Schultern der Frau.

»Nur, bis wir wissen, was wir tun sollen. Danny wird in vier Stunden hier sein, um den Teig anzusetzen und die Nudeln zu machen. Wir haben keine Zeit, die Leiche verschwinden zu lassen *und* aufzuräumen.«

Kistens Augen wanderten zu dem blutverschmierten Teppich. Er hob einen Fuß und verzog das Gesicht, als er bräunliche Schmiere entdeckte, die jetzt als eine Spur ins Erdgeschoss und wieder zurück führte. »Yeah«, sagte er, sein falscher britischer Akzent verschwunden. Dann nahm er Ivy das lange Bündel ab und warf es sich über die Schulter.

Ivy war unwillkürlich stolz auf ihn, weil er so schnell die Fassung wiedergefunden hatte. Er war erst dreiundzwanzig und hatte die Stellung als Piscarys Nachkomme mit siebzehn übernommen, als Ivys Mutter vor fünf Jahren versehentlich gestorben war und die Position damit aufgegeben hatte. Piscary kontrollierte Cincinnati aktiv, und Kisten musste nicht viel mehr tun, als hinter dem untoten Vamp aufzuräumen und ihn bei Laune zu halten. Es fiel ihr leicht, ihre leichte Eifersucht zu unterdrücken, dass Kisten die begehrte Stellung bekommen hatte.

Piscarys grausame Anleitung hatte sie alt werden lassen, bevor sie wirklich angefangen hatte zu leben. Sie würde nicht über das nachdenken, was sie tat, bevor es nicht vorbei war. Kisten hatte diesen Trick noch nicht gelernt und lebte jeden Moment, wie er passierte, statt ihn im Kopf wieder und wieder zu erleben, wie es bei ihr war. Das ließ ihn langsamer reagieren, machte ihn ... menschlicher. Und dafür liebte sie ihn.

»Müssen wir auch ein Auto loswerden?«, fragte sie, bereits ganz bei der Schadenskontrolle. Sie hatte auf dem

Parkplatz nichts bemerkt, aber sie hatte auch nicht darauf geachtet.

»Nein.« Kisten ging nach unten, und sie folgte ihm. Dank seiner vampirischen Stärke meisterte er das Gewicht ohne Probleme. »Sie ist gegen Mitternacht mit Piscary gekommen.«

»Von der Straße?«, fragte sie ungläubig und war froh, dass das Restaurant geschlossen hatte.

»Nein. Vom Busbahnhof. Anscheinend ist sie eine alte Freundin.«

Ivy musterte die Frau auf seiner Schulter. Sie war höchstens zwanzig. Wie alt konnte die Freundschaft schon sein? Piscary mochte keine Kinder, trotz ihrer Größe. Es sah mehr und mehr so aus, als *hätte* Piscary das eingefädelt, um Kisten dabei zu helfen, auf eigenen Füßen zu stehen. Hatte es nicht nur geplant, sondern auch noch das Sicherheitsnetz der unbestimmten Herkunft der Frau eingebaut, falls Kisten versagen sollte. Der Meistervampir hatte nicht damit gerechnet, dass Ivy ihn vorher entdeckte, und sie fühlte plötzlich etwas für Kisten, was sie Liebe nennen würde – wenn sie nicht gewusst hätte, dass sie dieses Gefühl nicht empfinden konnte, ohne es mit dem Verlangen nach Blut zu beflecken.

Ivy sah Kistens Grimasse, als er sich umdrehte, um die Tür zur Küche aufzustoßen. »Piscary hat sie absichtlich getötet«, sagte er und rückte das Gewicht der Frau auf seiner Schulter zurecht. Ivy nickte, wollte ihm aber nicht von ihrer Rolle in seiner Lektion erzählen.

Sie schob sich eine Papierserviette von einem Stapel in den Hosenbund, dann riss sie die Tür zum Kühlraum auf und verschob mit dem Fuß einen schweren Karton, um sie offen zu halten. Kisten war direkt hinter ihr und in der seltsamen feuchten Kühle, auf die Piscary für den Käse bestand, schob sie ein Stück Lamm zur Seite, das für das Buffet am Freitag reserviert war. Sie isolierte ihre Hand mit der Serviette, damit es keine Hitzemale gab, die verraten würden, dass es jemand bewegt hatte.

Hinter dem hängenden Fleisch stand eine lange Reihe Holzkisten und dort legte Kisten die Frau hin und verbarg sie mit einer Tischdecke. Ivy hatte das Gefühl, hier schon einmal ein solches Bündel gesehen zu haben. Sie und Kisten waren zehn gewesen und hatten Verstecken gespielt, während ihre Eltern noch einen Wein tranken und sich unterhielten. Piscary hatte ihnen erzählt, sie wäre jemand aus einem Märchen, und sie sollten lieber oben spielen. Jetzt schien es, als würden sie immer noch oben spielen, aber die Spiele waren komplizierter geworden und unterlagen nicht mehr voll ihrer Kontrolle.

Kisten suchte ihren Blick und in den blauen Tiefen standen Erinnerungen. »Dornröschen«, sagte er und Ivy nickte. So hatten sie die Leiche genannt. Als sie die Lammhälfte wieder nach hinten schob, so dass sie die Leiche teilweise verdeckte, fühlte sie sich wie ein kleines Mädchen, das einen zerbrochenen Teller versteckt.

Ihr war nicht nur von den Temperaturen kalt, als sie Kisten aus dem Kühlraum folgte, den Karton aus dem Weg schob und sich dann von außen gegen die Tür lehnte. Ihr Blick wanderte zu der Uhr neben der Tür zum Restaurant. »Ich kümmere mich um das Wohnzimmer und die Treppe, wenn du den Aufzug übernimmst«, sagte sie, weil sie Piscary nicht begegnen wollte. Er würde nicht wütend auf sie sein, weil sie Kisten half. Nein, er würde sich so darüber amüsieren, dass sie Art wieder hingehalten hatte, dass er sie in sein Bett einladen würde, und sie würde ihm zitternd folgen und Kisten und was sie gerade getan hatten völlig vergessen. Gott, sie hasste sich selbst.

Kisten griff nach dem Mob, und sie fügte hinzu: »Benutz einen neuen Wischkopf und mach den alten wieder drauf, wenn du fertig bist. Wir werden ihn zusammen mit dem Teppich verbrennen müssen.«

»Okay«, sagte er, biss die Zähne zusammen und lief leicht rot an. Während Kisten einen Eimer füllte, mischte Ivy eine neue Ladung von dem Spray an, mit dem sie die Restauranttische abwischten. Verdünnt entfernte es die Reste der Vamp-Pheromone, aber unverdünnt zersetzte es die Blutenzyme, die bei den meisten anderen Putzmitteln zurückblieben. Vielleicht war das ein wenig übertrieben, aber sie war ein vorsichtiges Mädchen.

Es war unwahrscheinlich, dass man die Spuren der Frau hierherverfolgen würde, aber es ging auch nicht so sehr darum, ihre Gegenwart vor schnüffelnden I.S.- oder FIB-Agenten zu verstecken als vielmehr darum, zu vermeiden, dass das Restaurant nach anderem Blut als dem von ihr und Kisten roch. Das würde zu Fragen führen, ob gegen die Auflagen für die Lizenz für gemischtes Publikum – oder LGP – verstoßen worden war. Ivy nahm nicht an, dass es gut ankommen würde, zu sagen, dass im Restaurant niemand getötet worden war, sondern nur Piscary in seiner Privatwohnung jemanden ausgesaugt hatte und man sich deswegen keine Sorgen um die LGP-Bestimmungen machen musste. Nach dem Ärger, den Piscary gehabt hatte, bis seine LGP neu erteilt wurde, nachdem irgendein dämlicher Tiermensch auf Brimstone eine blutende Wunde verursacht hatte, ging Ivy davon aus, dass er lieber nach einem Gerichtsverfahren in den Knast wandern würde, als seine LGP nochmal zu verlieren. Aber hauptsächlich machte Ivy so gründlich sauber, weil sie nicht wollte, dass ihre Wohnung nach irgendwem anders roch als ihr und Kisten.

Ihre Gedanken ließen ihren Blick wieder zu ihm wandern. Er sah nett aus, wie er da über den Eimer gebeugt stand und sein Pony feucht wurde, weil das Wasser hochspritzte.

Er war sich ihrer Musterung offensichtlich nicht bewusst und drehte das Wasser ab. »Ich bin so ein Esel«, sagte er, den Blick auf den Eimer gerichtet.

»Das mag ich an dir«, erwiderte sie und machte sich Sorgen, dass er sich jetzt unzulänglich fühlte, weil sie die Sache an sich gerissen hatte.

»Bin ich wirklich.« Er sah nicht auf, und seine Hände umklammerten den Rand des Plastikeimers. »Ich bin erstarrt. Ich habe mir solche Sorgen darum gemacht, was du sagen würdest, wenn du nach Hause kommst und mich mit einem toten Mädchen findest, dass ich nicht mehr denken konnte.«

Sie nahm seine Worte als Kompliment, lächelte und suchte in einer Schublade nach einem neuen Mob. »Ich wusste, dass du sie nicht umgebracht hast. Piscary war überall an ihr.«

»Verdammt nochmal, Ivy!«, rief Kisten und schlug mit der Hand nach dem Wasserhahn. Metall krachte. »Ich sollte besser sein! Ich bin sein verdammter Nachkomme!«

Ivy ließ die Schultern hängen. Sie schloss die Schublade, ging zu ihm und legte ihm die Hände auf die Schultern. Sie waren angespannt, und er reagierte nicht auf ihre Berührung. Sie drückte sich an ihn und legte ihre Wange an seinen Rücken, wobei sie Reste seiner Angst riechen konnte und das Blut der Frau. Tod und Blut turnten einen Vampir nicht an. Angst und die Chance, Blut zu nehmen, sehr wohl. Es gab einen Unterschied.

Sie schob ihre Hände nach vorne auf seinen Bauch, zwischen den Knöpfen hindurch zu seinen Muskeln. Erst jetzt senkte Kisten den Kopf und entspannte sich ein wenig. Ihre Zähne waren nur Zentimeter von einer alten Narbe entfernt, die sie ihm verpasst hatte. Der berauschende Geruch ihrer vermischten Körperdüfte traf sie, und sie schluckte schwer. Die größte Verlockung überhaupt. Sie drückte sich fest an ihn, während sie tief durchatmete, absichtlich seinen Duft in sich aufsog, bis sexuelle Erregung in ihr aufstieg. »Mach dir keine Sorgen«, sagte sie mit leiser Stimme.

»Du wärst ein besserer Nachkomme als ich«, meinte er bitter. »Warum hat er mich gewählt?«

Sie ging nicht davon aus, dass es wirklich darum ging, wer Piscarys Nachkomme war. Es war nur sein Stress, der nach einem Ventil suchte. Sie gab dem Impuls nach und hob sich auf die Zehenspitzen, um sein Ohr zu erreichen. »Weil du mit Leuten umgehen kannst und ich nicht«, sagte sie. »Weil du besser darin bist, mit ihnen zu reden, sie dazu zu kriegen, das zu tun, was du von ihnen willst und sie gleichzeitig denken zu lassen, es wäre ihre Idee gewesen. Ich mache den Leuten nur Angst.«

Er drehte sich langsam um, so dass er in ihren Armen blieb. »Ich führe eine Kneipe«, sagte er mit gesenktem Blick. »Du arbeitest für die I.S. Sag mir, was wertvoller ist.«

Ivys Arme glitten zu seiner Hüfte, und sie drückte ihn gegen die Spüle. »Ich möchte mich für die Lieferanten-Scheiße entschuldigen«, sagte sie ernst. »Du führst keine Kneipe, du lernst Cincinnati. Du lernst, was wen antreibt, und wer was für wen tun würde. Ich?« Ihre Augen wanderten zu dem kleinen Haarbüschel, das über den V-Ausschnitt seines T-Shirts ragte. »Ich lerne, wie man Ärsche leckt und an Hälsen saugt.«

Voller Selbstanklage schüttelte Kisten den Kopf. »Piscary hat mir ein totes Mädchen in den Schoß geworfen und ich saß über ihr und habe die Hände gerungen. Du kamst rein, und sofort ist etwas passiert. Was soll beim nächsten Mal sein, wenn es etwas Wichtiges ist und ich versage?«

Ivy strich mit den Händen über die glatte Seide auf seinen Schultern und schloss die Augen, als erotisches Kribbeln in ihr aufstieg. Und Schuldgefühle. Sie war furchtbar. Sie hatte Kisten nur trösten wollen, aber allein ihm Trost zu spenden machte sie schon an.

Plötzlich dachte sie an Art und was fast mit ihm passiert war. Sofort verspannten sich ihre Muskeln, und ihre Pupillen erweiterten sich. *Scheiße. Kann ich genauso gut durchziehen.* Sie fühlte sich wie eine Hure, als sie die Augen öffnete und Kistens Blick einfing. Seine Augen waren so schwarz wie ihre und Erwartung breitete sich in ihrem Bauch aus. *Verkorkst und krank. Wir beide. Gab es irgendeinen anderen Weg als diesen, um zu zeigen, dass er ihr etwas bedeutete?*

»Du wirst damit klarkommen«, flüsterte sie und wünschte sich, ihre Lippen würden etwas berühren. Die weiche Haut unter seinem Kinn glitzerte, weil kleine Wassertropfen dort hingen. Sie flehten förmlich danach, von ihr gekostet zu werden. »Ich rette dir den Arsch. Du rettest meinen.« Das war alles, was sie geben konnte.

»Versprochen?«, fragte er kläglich. Anscheinend war es genug.

Die Verlockung wurde zu viel für sie, und sie schob sich näher an ihn, um ihre Lippen an seinen Halsansatz zu legen, wo sein Puls verführerisch pochte. Sie fühlte sich, als würde sie sterben: sie schrie innerlich, weil sie sich gegenseitig brauchten, um Piscary zu überleben, ihr Puls raste vor Erwartung auf das, was folgen würde, und sie war verzweifelt, weil diese beiden Gefühle miteinander verbunden waren.

»Ich verspreche es«, flüsterte sie. Mit geschlossenen Augen zog sie ihre Zähne über seine Haut, durchbrach sie aber nicht, während sie die Finger durch sein sauberes Haar gleiten ließ.

Kisten atmete schwer, hob sie mit einem Arm hoch und setzte sie auf die Spüle, bevor er sich zwischen ihre Beine drängte. Sie fühlte, wie ihr Blick verführerisch wurde, als er die Hand in ihren Hosenbund schob. »Du bist hungrig«, stellte er fest, ein gefährliches Zischen in der Stimme.

»Ich bin weit über hungrig hinaus«, sagte sie und verschränkte ihre Hände in seinem Nacken. Ihre Stimme war verlangend, aber in Wahrheit war sie hilflos. Es war der Fluch des Vampirs, dass der Stärkste die tiefsten Bedürfnisse hatte. Und Kisten kannte die Spiele, die sie spielten, genauso gut wie sie. Ihre Gedanken schossen zu Dornröschen im Kühlraum und sie drängte den Selbstekel beiseite, den sie empfand, weil sie sich keine zehn Minuten, nachdem in ihrer Wohnung eine Frau gestorben war, mit Kistens Blut füllen wollte. Mit dem Selbstekel würde sie sich später auseinandersetzen. Sie war überaus geübt darin, seine Existenz zu leugnen.

»Hat Art dich wieder belästigt?«, fragte er, und in seinem weichen Gesicht lag ein hinterhältiger Ausdruck, als er eine Hand unter ihren Pulli schob.

»Immer noch …«, sagte sie und unterdrückte ein Schaudern.

Seine freie Hand wanderte über ihre Schulter und das Schlüsselbein, um dann ihren Hals hinaufzugleiten. »Ich werde ihm einen Dankesbrief schreiben müssen«, hauchte er.

Ivy riss die Augen auf, zog ihn an sich, schlang ihre Beine um ihn und hielt ihn an sich gepresst. Seine Hand an ihrer Hüfte war verschwunden und ließ nur eine warme Kühle zurück. »Er will mein Blut und meinen Körper«, sagte Ivy und fühlte, wie ihre von Kisten ausgelöste Lust sich mit Abscheu über Art vermischte. »Er bekommt gar nichts. Ich werde ihn dazu treiben, gegen meinen Willen mein Blut zu nehmen.«

Kistens Atem strich über ihren Nacken. »Was bringt dir das?«

Ein Lächeln, von ihm unbemerkt und böse, glitt über ihr Gesicht, als sie über seine Schulter in die leere Küche starrte. »Befriedigung«, hauchte sie und fühlte, wie sie schwachwurde. »Er befördert mich unter sich heraus, damit ich den Mund halte, oder er wird zur Lachnummer des gesamten Hochhauses.« Aber sie wusste nicht mehr, ob sie es wirklich schaffen konnte. Er war stärker als sie ihm zugetraut hatte.

»Das ist mein Mädchen«, sagte Kisten, und sie sog zischend den Atem ein, als er den Kopf senkte und mit den

Zähnen sanft an einer alten Narbe spielte. »Du bist so ein politisches Wesen. Erinnere mich daran, mich dir nie in den Weg zu stellen.«

Sie konnte nicht antworten, weil sie so atemlos war. Ein Gedanke an den verunreinigten Tatort schoss durch ihren Kopf und verschwand wieder.

»Du wirst üben müssen, Nein zu sagen«, murmelte Kisten.

»Mmmmm.« Sie fühlte, wie sie ihm entgegenkam, als seine Hände sie näher an sich zogen. Sein Kopf senkte sich, und sie grub ihre Finger in seinen Rücken. Kistens Lippen spielten an ihrem Halsansatz, dann rutschten sie noch tiefer.

»Könntest du Nein sagen, wenn ich das hier tue?«, flüsterte Kisten und zog seine Zähne über ihre nackte Haut, während seine Hände unter ihr Hemd glitten und ihre Brüste suchten.

Die zwei Gefühle verbanden sich in ihrem Kopf, und es fühlte sich an, als wären es seine Zähne an ihren Brüsten. »Ja ...«, hauchte sie. Er zog ihr Hemd nach oben, und sie vergrub ihre Hände in den Haaren an seinem Nacken, weil sie mehr wollte.

»Was, wenn er sein Versprechen einlöst?«, fragte er, als er seinen Kopf noch tiefer senkte. Sie erstarrte, als er seine Hände wirklich durch seine Zähne ersetzte. Es war zu viel verlangt, darauf nicht zu reagieren.

Mit rasendem Puls riss sie seinen Kopf nach oben. Es hätte wehtun können, aber Kisten hatte gewusst, was kam, und hatte sich ihr nicht widersetzt. Sie tat ihm niemals weh. Nicht absichtlich.

Mit offenem Mund packte sie ihn fester mit den Beinen, bis sie fast von der Arbeitsfläche rutschte. Und obwohl sie ihr Gesicht an seinem Hals vergrub, ihn einatmete und mit seinen alten Narben spielte, durchbrach sie doch nicht seine Haut. Diese Selbstverleugnung war mehr als nur exquisite Qual, mehr als eine tiefsitzende Tradition. Es war Überleben.

In Wahrheit war sie fast jenseits jeden bewussten Gedankens und nur eingespielte Verhaltensmuster hielten sie davon ab, ihre Zähne in ihm zu vergraben und sich mit dem zu füllen, was ihn lebendig machte. Sie verzehrte sich nach dem Gefühl dieser totalen Macht über einen anderen, um sich zu beweisen, dass sie am Leben war. Aber bis er es ihr erlaubte, würde sie danach hungern. Es war ein Spiel, aber auch tödlicher Ernst, denn es verhinderte Fehler in leidenschaftlichen Momenten. Die Untoten hatten ihre eigenen Spiele und brachen die Regeln, wann immer sie dachten, sie könnten damit durchkommen. Aber lebende Vampire hielten sich daran, weil sie wussten, dass darin vielleicht die Entscheidung lag, ob sie eine Blutbegegnung überleben würden oder nicht.

Und Kisten wusste es und genoss die kurzzeitige Kontrolle über sie. Sie war die Dominante in ihrer Beziehung, aber gleichzeitig unfähig, ihr Verlangen zu befriedigen, bis er es erlaubte – genauso wie er hilflos auf die Befriedigung warten musste, bis sie zustimmte. Seine männlichen Hände zogen ihren Kopf von seinem Hals und stattdessen presste er die eigenen Lippen gegen ihre Schlagader. Sie warf den Kopf nach hinten und fragte sich, wer zuerst aufgeben und darum bitten würde. Diese Unsicherheit machte sie noch heißer, und ein Knurren stieg aus ihrer Kehle auf.

Sie senkte den Kopf wieder und fand sein Ohrläppchen. Die Ohrringe hinterließen einen metallischen Geschmack in ihrem Mund. »Gib mir das«, hauchte sie und gab nach. Ihr war es egal, ob ihr Verlangen drängender war als seines.

»Nimm es«, stöhnte er und unterwarf sich schneller als sonst der gemeinsamen Lust.

Sie keuchte vor Erleichterung, zog ihn an sich und versenkte vorsichtig ihre Zähne in ihm.

Mit einem Schaudern umklammerte Kisten sie fester und hob sie fast vom Tresen.

Sie sog an ihm, hungrig – fast panisch, dass jemand sie aufhalten könnte. Bei dem scharfen Geschmack empfand sie tiefe Erleichterung. Ihre Gerüche vermischten sich in ihrem Hirn, und sein Blut floss in sie, machte sie eins mit ihm, und füllte die Leere, die sie empfand, weil sie Piscary liebte und ständig versuchte, seine Erwartungen zu erfüllen. Seine Wärme füllte ihren Mund, und sie schluckte, nahm sie tiefer in sich auf und versuchte, ihre Seele darin zu ertränken.

Kistens Atem auf ihrem Körper war schnell. Sie kannte die erlesenen Gefühle genau, die sie in ihm weckte. Der Vampirspeichel löste eine Ekstase aus, die so nah am Sex lag, dass es kaum einen Unterschied machte. Seine Finger zitterten, als sie ihrem Körper folgten und nach dem Saum ihres Hemdes griffen, aber sie wusste, dass nicht genug Zeit war. Sie würde kommen, bevor sie viel mehr tun konnten.

Atemlos von dem Gefühl der Macht und ihrer Blutlust zog sie sich zurück und leckte sich kurz mit der Zunge über die Zähne. Sie suchte seinen Blick. Er sah, wie sie schwankte.

»Nimm es«, hauchte sie, weil sie ihm verzweifelt das geben wollte, was er brauchte, wonach er sich verzehrte. Das würde die Wildheit des gesamten Aktes nicht ausgleichen, aber es war der einzige Weg, wie sie Frieden mit sich selbst machen konnte.

Kisten wartete nicht. Er gab ein knurrendes Geräusch von sich und lehnte sich vor. Empfindungen überschwemmten sie und der kurze Moment des berauschenden Schmerzes verwandelte sich fast sofort in ebenso große Lust, weil der Vampirspeichel den Stich seiner Reißzähne in brennende Leidenschaft verwandelte.

»Oh, Gott«, stöhnte sie. Kisten hörte sie und grub tiefer, weit über das hinaus, was er normalerweise tat. Sie keuchte bei dem zweifachen Reiz von seinen Zähnen in ihrem Hals und seinen Fingernägeln an ihren Brüsten. Sie zog seine Hand von ihrem Nacken und fand sein Handgelenk. Sie konnte es … nicht ertragen. Sie brauchte alles. Alles auf einmal.

Sein Mund sog an ihr und während Euphorie sie erfüllte, biss sie in sein Handgelenk und fand alte Narben.

Kisten zitterte, als sexuelle Gier und Blutekstase sie gleichzeitig erfüllten. Er löste sich vom Tresen und sie schlang ihre Beine fester um seine Hüften.

Sie hörte an seinem Atem, dass er bald Erfüllung finden würde, und mit der Gewissheit, dass sie beide den Gipfel der Befriedigung erreichen würden, hörte sie auf zu denken. Alles verschwand und zurück blieb nur der Drang, sich mit ihm zu füllen. Sie nahm alles, was er ihr gab, und es war ihr egal, dass er das Gleiche tat. Zusammen konnten sie Frieden finden. Zusammen konnten sie überleben.

Ivy verstärkte ihren Griff und biss fester zu. Kisten antwortete mit einem tiefen Grollen, das aus seiner Brust aufstieg. Das sprach einen primitiven Teil von ihr an, und Angst breitete sich instinktiv und unaufhaltsam in ihr aus. Kisten fühlte es und packte sie fester.

Sie schrie auf, und während der Schmerz zu brennendem Vergnügen wurde, kam sie, ihr Puls ein wildes Trommeln unter Kistens Hand, in seinem Mund und in ihm. Er verspannte sich, und mit einem letzten Stöhnen löste er seine Zähne von ihr, als er den exquisiten geistigen Orgasmus erlebte, der folgte, wenn man den Bluthunger befriedigte.

Kein Wunder, dass sie verkorkst war. Ihr Körper zitterte von dem glückseligen Angriff. Böse oder falsch spielte keine Rolle. *Sie konnte nichts widerstehen, was sich so verdammt gut anfühlte.*

»Kist«, keuchte sie, als das letzte Flackern erlosch und ihr auffiel, dass sie immer noch ihre Beine um seine Hüfte geschlungen hatte und ihre Stirn an seiner Schulter lag. »Bist du okay?«

»Zur Hölle, ja«, sagte er keuchend. »Gott, ich liebe dich, Frau.«

Als er sie fester umarmte, erfüllte sie ein Gefühl, mit dem sie sich nur selten gut fühlte. Sie liebte ihn mehr als sie zugeben wollte, aber es war sinnlos, eine Zukunft zu planen, die bereits festgelegt war.

Langsam setzte er sie wieder auf den Tresen, weil seine Muskeln anfingen zu zittern. Der blaue Rand um seine Pupillen kehrte zurück. Seine Lippen, noch rot von ihrem Blut, öffneten sich, und er zog die Augenbrauen hoch. »Ivy, du weinst.«

Sie blinzelte und war schockiert, festzustellen, dass es stimmte. »Nein, tue ich nicht«, behauptete sie und schwang ihre Beine nach oben und zur Seite, damit er nicht mehr zwischen ihnen stand. Ihre Muskeln protestierten, noch nicht bereit, sich zu bewegen.

»Doch, tust du«, beharrte er. Er nahm eine Stoffserviette und drückte sie sich erst ans Handgelenk, dann an den Hals. Die kleinen Wunden schlossen sich bereits; der Vampirspeichel arbeitete daran, die Heilung zu beschleunigen und mögliche Infektionen zu bekämpfen.

Ivy wandte sich ab und rutschte von der Arbeitsplatte. Sie stolperte fast, aber sie wollte ihre Gefühle unbedingt verbergen. Doch Kisten packte ihren Oberarm und drehte sie zu sich um.

»Was ist?«, fragte er, dann riss er die Augen auf. »Scheiße, ich habe dir wehgetan.«

Sie hätte fast gelacht, schluckte es aber herunter. »Nein«, sagte sie, dann schloss sie die Augen und suchte nach Worten. Sie waren da, aber sie konnte sie nicht sagen. Sie liebte Kisten, aber warum konnte sie es nur zeigen, wenn Blut mit im Spiel war? Hatte Piscary ihre Fähigkeit, jemanden zu trösten, ohne es in einen grausamen Akt zu verwandeln, völlig ausgelöscht? Liebe sollte sanft und zart sein, nicht bestialisch und egoistisch.

Sie konnte sich nicht daran erinnern, wann sie zum letzten Mal ohne Blut mit jemandem geschlafen hatte. Sie glaubte, dass es nicht mehr passiert war, seitdem Piscary ihr seine volle Aufmerksamkeit zugewandt und sie verzerrt hatte, bis jedes Gefühl von Geborgenheit, Liebe oder Hingabe eine Blutlust auslöste, der sich zu widersetzen fast unmöglich war. Sie hatte mühevoll für sich selbst die Lüge erschaffen, dass Blut Blut war und Sex mit Blut ein Weg, jemandem zu zeigen, dass sie ihn liebte, aber sie wusste nicht, ob sie das noch länger glauben konnte. Blut und Liebe waren für sie so verbunden, dass sie nicht mehr glaubte, sie jemals wieder trennen zu können. Und wenn sie zugeben musste, dass Blut zu teilen der Weg war, wie sie Liebe zeigte, dann musste sie zugeben, dass sie sich jedes Mal prostituieren würde, wenn sie zuließ, dass jemand auf dem Weg nach oben seine oder ihre Zähne in ihr versenkte. *War das der Grund, warum sie Art dazu zwang, sie gegen ihren Willen zu nehmen? Musste sie sich einer Vergewaltigung unterwerfen, um ihre geistige Gesundheit zu behalten?*

Kistens Augen scannten die Küche, und sie sah, wie seine Nasenlöcher sich blähten, als er ihren gemeinsamen Geruch in sich aufnahm. Sie würden sich von den Angestellten veräppeln lassen müssen, weil sie ihren »vampirischen Druck« in der Küche abgebaut hatten, aber zumindest würde das den Geruch der Leiche überdecken. »Was ist es dann?«, fragte er.

Jeden anderen hätte sie zur Seite geschoben und ignoriert, aber Kisten ertrug zu viel von ihrer Scheiße. »Ich wollte dich nur aufmuntern«, sagte sie und senkte den Kopf, so dass ihr Gesicht hinter dem Vorhang ihrer Haare verborgen war. »Und es hat sich in Blut verwandelt.«

Kisten seufzte leise und schloss sie sanft in die Arme. Ein Schauder überlief sie, als er zärtlich das letzte Blut von ihrem Hals küsste. Er wusste, dass die Stelle so empfindlich war, dass es fast wehtat, und dass das auch noch ein paar Minuten anhalten würde. »Verdammt, Ivy«, flüsterte er, und der Ton seiner Stimme verriet ihr, dass er auch wusste, was sie nicht aussprach. »Wenn du versucht hast, mich aufzumuntern, dann warst du höllisch erfolgreich.«

Er bewegte sich nicht, doch statt sich ihm zu entziehen, blieb sie stehen und ließ zu, dass sie seine Berührung akzeptierte. »Das war auch, was ich brauchte«, fügte er hinzu, und der Duft ihrer vermischten Gerüche löste jetzt, wo ihr Hunger befriedigt war, eine tiefe Zufriedenheit in ihr aus, nicht mehr verzweifeltes Verlangen.

Sie nickte und glaubte ihm, obwohl sie sich immer noch schämte. *Aber warum war das der einzige Weg, wie sie sein konnte?*

4

Ivy wippte in ihrem Stuhl, rollte die Banshee-Träne, die sicher in Plastik verpackt war, zwischen den Fingern hin und her und fragte sich, ob es Magie oder Wissenschaft war, die es einer Banshee ermöglichte, genug emotionale Energie durch den Edelstein zu ziehen, um jemanden zu töten. Sie ging davon aus, dass es Wissenschaft war. Eine so komplexe Wissenschaft, dass sie wie Magie wirkte. Schwingende Alphawellen oder irgendwas, wie Handys oder Funkwellen. In den Aufzeichnungen hatte sie keine genaue Erklärung gefunden.

Nur vereinzelte Gespräche drangen durch ihre offene Tür, weil es so eine unchristliche Uhrzeit war. Sie arbeitete heute nach den überirdischen Zeiten, weil sie um halb vier eine Verabredung mit einer Banshee hatte, die der I.S. in der Vergangenheit schon einmal geholfen hatte. Dass sie so um Mitternacht hier rauskommen würde, war schön, aber trotzdem war es verdammt früh.

Ihre Laune verfinsterte sich, und sie lehnte sich im Stuhl zurück und lauschte auf die Stille. Die normalen Geräusche erschienen fast fehl am Platz, weil sie nur so vereinzelt erklangen. Die Atmosphäre im Büro hatte sich verändert, und die Blicke, die sie auffing, waren nicht mehr bitter, sondern mitfühlend. Sie wusste nicht, wie sie darauf reagieren sollte. Offensichtlich hatte es sich herumgesprochen, dass Art einen echten Anlauf auf ihr Blut genommen hatte und sie deswegen nicht nur einen Tatort verunreinigt hatte, sondern sie ihm auch fast erlegen wäre. Und während sie aus Anteilnahme noch einen gewissen Trost hätte ziehen können, verabscheute sie die Vorstellung, dass jemand Mitleid mit ihr hatte. Wie zur Hölle sollte sie Art loswerden, wenn sie nicht Nein zu ihm sagen konnte? Jetzt war es eine Frage des Stolzes.

Ivy hob den Blick zu der summenden Wanduhr. Art war unter der Erde, und das Wissen, dass er noch mehrere Stunden nicht auftauchen würde, verschaffte ihr ein gewisses Maß an Frieden. Sie hätte den Bastard gerne gepfählt. Vielleicht wollte Piscary, dass sie das tat?

Über das Klappern der Tastaturen und den Klatsch hörte sie, wie eine fremde Stimme sanft ihren Namen aussprach. Ivy konzentrierte sich und lauschte, wie jemand eine Wegbeschreibung zu ihrem Büro gab. Sie legte die Träne neben den Becher mit ihren Farbstiften und drehte sich zur Tür um, als sich der Türrahmen verdunkelte.

Sie wollte Hallo sagen, aber dann zögerte sie, während sie die Frau abschätzte. Sie vergaß sogar, sie hereinzubitten. Ivy hatte noch nie eine Banshee getroffen, und sie fragte sich, ob sie alle ein so verstörendes Auftreten hatten oder ob das nur Mia Harbors Art war.

Sie trug ein dramatisches Kleid aus himmelblauen Stoffstreifen, das ihr bis auf die Schenkel fiel. Es hätte gewirkt wie aus Fetzen gebastelt, wäre es nicht aus Seide gewesen. Die Ärmel fielen ihr bis über die Finger, und es schmiegte sich perfekt an die schlanke Figur der Frau. Ihr kurzgeschnittenes Haar war schwarz, hing ihr in Zacken in die Stirn und hatte goldene Spitzen. Es stand in absolutem Kontrast zu ihrem bleichen Gesicht und dem fast ländlichen Kleid, während es trotzdem irgendwie perfekt dazu passte. Eine dunkle Sonnenbrille verbarg ihre Augen. Sie war klein, zierlich und alterslos attraktiv und gab Ivy das Gefühl, groß und unbeholfen zu sein. In ihrem fein geschnittenen Gesicht stand erst ein fragender Ausdruck, dann müde Akzeptanz.

Ivy ging auf, dass sie starrte. Sofort stand sie auf und streckte die Hand aus. »Ms. Harbor«, sagte sie. »Bitte kommen Sie herein. Ich bin Officer Tamwood.«

Ihre Hand war kühl, voller glatter Stärke, und Ivy ließ sie los, sobald es nach den Regeln der Höflichkeit möglich war. Das Selbstbewusstsein, das sie ausstrahlte, brachte Ivy dazu, sie vom Alter her irgendwo zwischen sechzig und siebzig zu platzieren, aber sie sah aus wie zwanzig. *Hexenzauber*, fragte sich Ivy, *oder natürliche Langlebigkeit?*

»Bitte nennen Sie mich Mia«, sagte die Frau, während Ivy auf Arts Stuhl zeigte.

»Mia«, wiederholte Ivy und setzte sich wieder hinter ihren Schreibtisch. Sie erwog, der Frau ebenfalls ihren Vornamen zu nennen, tat es dann aber nicht, während Mia sich mit steifer Förmlichkeit setzte.

Ivy fühlte sich ungewöhnlich unsicher und blätterte durch den Bericht, um ihre Nervosität zu kaschieren. Banshees waren gefährliche Wesen, fähig, genug Energie aus ihren Opfern zu ziehen, um sie damit umzubringen – ein wenig wie psychische Vampire. Sie mussten nicht töten, um zu überleben, weil sie auch von den Emotionen leben konnten, die von den Leuten um sie herum automatisch abgegeben wurden. Aber das hieß nicht, dass sie sich nicht vollfraßen, wenn sie dachten, sie könnten damit durchkommen. Sie hatte noch nie die Chance gehabt, mit einer Banshee zu reden. Sie waren eine aussterbende Art, seit die Öffentlichkeit von dieser unschuldig wirkenden, aber hochgefährlichen Inderlander-Spezies wusste.

Wie die Schwarze Witwe töteten sie gewöhnlich ihren Partner, nachdem sie empfangen hatten. Ivy ging nicht davon aus, dass es Absicht war; ihre menschlichen Ehemänner verloren einfach ihre Lebenskraft und starben. Es hatte nie viele von ihnen gegeben – jedes geborene Kind war weiblich, und die Magie, die nötig war, um außerhalb der Spezies zu empfangen, machte alles schwieriger.

»Ich mache Sie nervös«, stellte Mia erfreut fest.

Ivy schaute kurz zu ihr, dann wieder auf die Papiere. Sie gab es auf, ihre stoische Haltung bewahren zu wollen, und lehnte sich in ihrem Stuhl zurück, die Hände auf dem Schoß.

»Ich werde keine Emotionen aus Ihnen ziehen, Officer Tamwood«, sagte Mia. »Das muss ich gar nicht. Sie werfen genug nervöse Energie und konfliktschwangere Gedanken in den Raum, dass ich mich eine Woche davon sättigen könnte.«

Oh, Freude, dachte Ivy säuerlich. Sie war stolz darauf, ihre Gefühle unterdrücken zu können, und dass Mia sie nicht nur fühlte, sondern in sich aufsaugte wie Saft war nicht gerade ein angenehmer Gedanke.

»Warum bin ich hier?«, fragte Mia. Sie hielt mit ihren fahlen Fingern ihre winzige, mit blauen Perlen besetzte Handtasche auf dem Schoß.

Ivy sammelte sich. »Ms. Harbor«, sagte sie förmlich und sah, wie Mia das Gesicht verzog, als Ivy sich bemühte, ruhiger zu werden. »Ich möchte Ihnen dafür danken, dass Sie gekommen sind. Ich habe ein paar Fragen, und die I.S. wäre sehr dankbar, wenn Sie helfen könnten.«

Mia seufzte, und Ivy zuckte fast unmerklich zusammen – es klang wie das unheimliche Stöhnen einer verlorenen Seele. »Welche meiner Schwestern hat getötet?«, fragte sie ohne Umschweife und schaute auf die Träne in der Asservatentüte.

Ivys vorbereitete Ansprache löste sich in Luft auf. Erleichtert, dass sie die Formalitäten umgehen konnte, lehnte sie sich nach vorne und stemmte die Unterarme auf den Schreibtisch. »Wir suchen nach Jacqueline.«

Mia streckte ihre Hand nach der Träne aus, und Ivy schob sie näher zu ihr. Die Frau ließ ihre Tasche los, nahm die Tüte und schob einen weißen Fingernagel unter das Siegel.

»Hey!«, rief Ivy und stand auf.

Mia erstarrte und musterte Ivy über ihre Sonnenbrille hinweg.

Ivy hielt den Atem an, stoppte ihren vampirschnellen Griff nach der Tüte und trat zurück. Die Augen der Frau hatten das schockierende, wässrige Hellblau eines Fast-Albinos, aber es war die gähnende Leere darin, die Ivy zögern ließ. Sie stand wie erstarrt, und ihr Herz raste, als sie den rohen Hunger darin sah, der nur von eisernem Willen zurückgehalten wurde. In dieser Frau lauerte Hunger von einer Tiefe, wie Ivy sie nur erahnen konnte. Aber Ivy hatte genug über Zurückhaltung und Willenskraft gelernt, um zu sehen, dass ihre Kontrolle absolut war: ihre ausdruckslose Miene; die Steifheit ihrer Haltung; die Präzision ihrer Atemzüge; und die vorsichtige Art, wie sie sich bewegte, als würde sie die Kontrolle verlieren, wenn sie sich zu schnell bewegte und so aus der Hülle ihrer Aura und ihres Willens ausbrach.

Schockiert und voller Ehrfurcht für das, was diese Frau so völlig in Schach hielt, setzte sich Ivy wieder.

Ein Lächeln verzog Mias Lippen. Das Brechen des Siegels war laut, aber Ivy hielt sie nicht auf, selbst als sie die Träne in ihre Handfläche schüttelte und sie kurz mit der Zunge berührte. »Sie haben sie an einem Tatort gefunden?«, fragte sie, und als Ivy nickte, fügte sie hinzu: »Diese Träne funktioniert nicht.« Ivy holte Luft, um zu protestieren, aber Mia kam ihr zuvor. »Sie haben sie in einem Raum gefunden, der nach Angst stank. Wenn sie funktioniert hätte, wäre selbst der letzte Hauch von Gefühl verschwunden gewesen.«

Überrascht kämpfte Ivy darum, ihre Gefühle unter Kontrolle zu halten. Dass der Raum nach Angst gestunken hatte, als sie ihn betreten hatte, stand nicht in dem Bericht. Nachdem sie ihn verunreinigt hatte, schien es keinen Sinn zu machen. Das mochte ein Fehler gewesen sein, aber den Bericht jetzt noch anzupassen könnte fragwürdig aussehen.

Mia ließ die Träne zurück in die Tüte fallen. »Es war nicht Jacqueline, die getötet hat. Es war keine meiner Schwestern. Es tut mir leid, aber ich kann Ihnen nicht helfen, Officer Tamwood.«

Ivys Pulsschlag beschleunigte sich. Weil sie den Verdacht hatte, dass Mia ihre Sippe beschützte, sagte sie: »Der Mann gibt zu, dass er das Opfer getötet hat, aber er weiß nicht, warum er es getan hat. Unsere Theorie ist, dass Jacqueline die Träne hinterlassen hat, weil sie wusste, dass die Chance bestand, dass häusliche Gewalt ihr Verbrechen vertuschen würde. Bitte, Mia. Wenn wir Jacqueline nicht finden, wird ein unschuldiger Mann für den Mord an seiner Frau verurteilt werden.«

Als die geöffnete Tüte laut knisterte, fragte Ivy sich kurz, wie der schwarze Kristall wohl schmeckte. »Eine Träne, die älter ist als eine Woche, kann nicht mehr als Leitung für Gefühle dienen«, erklärte Mia. »Und auch wenn die Träne Jacqueline gehört«, – sie warf die Tüte zurück auf den Schreibtisch – »ist sie doch mindestens drei Jahre alt.«

Ivy runzelte die Stirn und fragte sich, wie sie erklären sollte, dass das Siegel geöffnet worden war. Das hier war reine Zeitverschwendung gewesen. Gut, dass sie Art nichts davon erzählt hatte. »Und das wissen Sie woher, Ma'am?«, fragte sie frustriert. »Man kann Tränen nicht datieren.«

Mia lächelte, so dass man ihre Zähne sah. Ihre Eckzähne waren ein kleines Stück länger als bei einem Menschen. »Ich weiß, dass sie mindestens so alt ist, weil ich Jacqueline vor drei Jahren getötet habe.«

Gelassen stand Ivy auf und schloss die Tür. Das Brummen des Kopierers verstummte, und Ivy kehrte in der nun einsetzenden Stille zu ihrem Schreibtisch zurück. Sie bemühte sich, ihr Gesicht weiterhin ausdruckslos zu halten. Aufmerksam beobachtete sie die Frau, konnte aber aus ihrer stoischen Haltung nichts ablesen. Schweigend wartete sie auf eine Erklärung.

»Wir sind keine sonderlich beliebte Gemeinschaft«, sagte Mia direkt. »Jacqueline war sorglos geworden und in die alte Tradition verfallen, Leute zu töten, um ihre Todesenergie aufzusaugen, statt die erbärmlichen gemeinschaftlichen Gefühle zu trinken, die uns von den Inderlander-Gesetzen zugestanden werden.«

»Also haben Sie sie getötet.« Ivy erlaubte sich einen tiefen Atemzug. Diese Frau jagte ihr mit dem beiläufigen Geständnis eines so abscheulichen Verbrechens höllische Angst ein.

Mia nickte und der Saum ihres Kleides schwang wie von selbst in der stillen Luft. »Wir kontrollieren uns selbst, damit der Rest der Inderlander es nicht tut.« Sie lächelte. »Sie verstehen sicher.«

Ivy dachte an Piscary und senkte den Blick.

»Wir sind uns gar nicht so unähnlich«, sagte die Frau fast beiläufig. »Vampire stehlen auch psychische Energie. Sie sind nur ziemlich ungeschickt dabei und müssen das Blut als Träger dafür nehmen.«

Ivy nickte fast zustimmend und unterdrückte ihre Schuldgefühle. Gewöhnlich wussten nur Vampire, dass mit dem Blut auch ein Teil der Aura einer Person genommen wurde, aber eine Banshee wusste es wohl, da das genau das war, was sie selbst auch nahm. Eine reinere Form des Raubes, der die Aura anzapfte und es ihr einfach machte, sich vom Körper zu lösen. Das Opfer konnte eine große Menge Aura ersetzen, aber wenn man zu schnell zu viel Aura nahm, starb der Körper. Ivy hatte immer gedacht, dass Banshees auf einer höheren evolutionären Stufe standen. Aber vielleicht war das gar nicht der Fall, immerhin verwendeten Vampire die sichtbaren Zeichen des Blutes, um abzuschätzen, wann sie aufhören mussten. »Es ist nicht dasselbe«, widersprach Ivy. »Wenn wir uns nähren, stirbt niemand.«

»Das tun sie sehr wohl, wenn man zu viel nimmt.«

Ivys Gedanken schossen zu der Leiche in Piscarys Kühlraum. »Ja, aber wenn ein Vampir sich nährt, gibt er genauso viel Gefühl, wie er nimmt.«

Und obwohl Mia sich nicht bewegte, versteifte sich Ivy, weil die Frau die Schatten im Raum um sich zu sammeln schien, um sich dahinter zu verbergen. »Nur lebende Vampire mit einer Seele geben so viel wie sie nehmen«, widersprach sie. »Und deswegen leidest du, Ivy.«

Ihre Stimme, leise und spottend, schockierte Ivy genauso wie die Verwendung ihres Vornamens.

»Du könntest immer noch Schönheit zwischen all dem Scheußlichen finden, wenn du nur stark genug wärst«, fuhr Mia fort. »Aber du hast Angst.«

Ivys Magen verkrampfte sich, und ihre Haut wurde kalt. Das kam dem, wonach sie suchte, zu nah, auch wenn sie leugnete, dass es überhaupt existierte. »Man kann keine Liebe darin finden, Blut zu nehmen«, stellte sie fest, entschlossen, sich nicht aufzuregen und unwissentlich diese … Frau zu füttern. »Liebe ist wunderschön, und Blut ist grausam, die hässliche Befriedigung eines Bedürfnisses.«

»Und du brauchst keine Liebe?«

»Das habe ich nicht gesagt.« Ivy fühlte sich unwirklich und umklammerte den Rand ihres Tisches. »Blut ist kein Weg, um seine Liebe auszudrücken.« Ivys Stimme war ruhig, aber innerlich schrie sie. Sie war so krank, dass sie einem Freund nicht ihr Mitgefühl aussprechen konnte, ohne es mit der Lust nach Blut zu beschmutzen. Ihr Bedürfnis nach Liebe und ihren Drang nach Blut zu vermischen korrumpierte die Liebe und machte sie hässlich. Ihr Verlangen, die zwei getrennt zu halten, war ihr so unheimlich wichtig und machte sie so verletzlich, dass sie fast würgte, als Mia den Kopf schüttelte.

»Das ist nicht, wer du sein willst«, spottete sie. »Ich sehe es. Es fließt aus dir wie Tränen. Du belügst dich selbst und sagst, dass Blut und Liebe zwei getrennte Faktoren sind. Du lügst, wenn du sagst, dass die geistige Gesundheit daran hängt, sie als zwei Dinge zu sehen statt als Einheit. Nur wenn du es akzeptierst, kannst du dich über das erheben, was dein Körper von dir verlangt – dem gerecht werden, was du sein willst ... mit jemandem, den du liebst und der stark genug ist, es zu überleben, dich ebenfalls zu lieben.«

Schockiert erstarrte Ivy. Diese zierliche Frau zog ihre verzweifelten, tief vergrabenen Wünsche hervor und brachte sie ans Licht, wo jeder sie sehen konnte. Sie wollte die Blutlust kontrollieren ... aber es fühlte sich so verdammt gut an, sich von ihr kontrollieren zu lassen. Und wenn sie es Liebe nannte, dann hatte sie sich ihr halbes Leben lang zur Hure gemacht.

Während sie Mias wissendes Lächeln anstarrte, stiegen Erinnerungen in ihr auf: Erinnerungen an Piscarys Berührung, sein Lob, daran, wie er alles von ihr genommen und gesagt hatte, dass es ein Beweis ihrer Ergebenheit und Liebe sei ... und ihre beschämte Akzeptanz, weil sie Selbstwert darin gefunden hatte, alles zu sein, was er wollte. Es war so frisch als wäre es letzte Nacht passiert, nicht schon vor fast zehn Jahren. Darauf waren Jahre der Schwelgerei gefolgt, während sie herausfand, dass sie mit wachsender Dominanz nach mehr und mehr Befriedigung lechzte und immer weniger fand. Es war ein grausamer Henkersknoten, der sie bettelnd zu Piscary laufen ließ, damit er ihr Selbstwert vermittelte. Und obwohl sie ihn niemals fand, hatte er ihr den Schmerz versüßt.

Und jetzt wollte diese Frau, die so einfach das Leid anderer aufsaugte wie sie atmete, dass sie die Zweiteilung, an der ihre geistige Gesundheit hing, als falsches Dilemma anerkannte. Dass sie Schönheit in ihrem Verlangen fand, indem sie es Liebe nannte?

»Das ist keine Liebe«, sagte sie gepresst.

»Warum widersetzt du dich dann Art?«, erwiderte Mia. Auf ihren Lippen lag der Ansatz eines Lächelns, und sie hatte die Augenbrauen spöttelnd hochgezogen. »Das gesamte Stockwerk stellt sich diese Frage. Du weißt, dass es mehr ist als ein beiläufiger Akt. Es ist ein Weg, deine Liebe zu zeigen, und es Art zu geben würde bedeuten, dass du ein halbseidenes Mädchen bist; nein – eine Hure. Ein dreckiges, perverses Flittchen, das sich für einen Moment fleischlicher Lust und beruflichen Aufstieg verkauft.«

Das kam ihren eigenen Gedanken so nah, dass Ivy die Zähne zusammenbiss. Sie war froh, dass die Bürotür geschlossen war. Sie fühlte, wie ihre Pupillen sich erweiterten, aber die Erinnerung an Mias gezügelten Hunger hielt sie auf ihrem Stuhl. Ihr war klar, dass Mia sie provozierte, Wut aus ihr herauskitzelte, um sie aufsaugen zu können. Das machten Banshees nun mal so. Dass sie dafür oft die Wahrheit einsetzte, machte es nur schlimmer. »Man kann Liebe nicht dadurch zeigen, dass man Blut nimmt«, sagte Ivy leise.

»Warum nicht?«

Warum nicht? Es klang so einfach. »Weil ich zu Blut nicht Nein sagen kann«, sagte Ivy bitter. »Ich brauche es. Ich lechze danach. Ich will den Drang befriedigen, verdammt nochmal.«

Mia lachte. »Du dummes, weinerliches Mädchen. Du willst den Drang befriedigen, weil er an dein Bedürfnis nach Liebe gekoppelt ist. Für mich ist es zu spät. Ich kann keine Schönheit in der Befriedigung meiner Bedürfnisse finden, weil jeder stirbt, der von einer Banshee geliebt wird. Du kannst es, und zu sehen, wie selbstsüchtig du bist, bringt mich dazu, dich ohrfeigen zu wollen. Du bist ein Feigling«, beschuldigte sie Ivy. »Zu verängstigt, um Schönheit in deinen Bedürfnissen zu finden, weil es bedeuten würde, zuzugeben, dass du Unrecht hattest. Dass du dir für den größten Teil deines Lebens etwas vorgemacht hast, dir vorgelogen hast, dass es keine Bedeutung hat, um in deinen Lüsten schwelgen zu können. Du bist eine Hure, Ivy. Und du weißt es. Hör auf, dir vorzumachen, es wäre anders.«

Ivy fühlte, wie ihre Augen vor Wut vollkommen schwarz wurden. »Sie müssen gehen«, sagte sie, die Muskeln so angespannt, dass sie ihren gesamten Willen aufwenden musste, um die Banshee nicht zu schlagen.

Mia stand auf. Sie war lebendig und strahlte, ihr glattes Gesicht war wunderschön – ein anklagender Engel, hart und gefühllos. »Du kannst dich über dein Schicksal erheben«, spottete sie. »Du kannst sein, wer du sein willst. Dann hat Piscary dich eben verkorkst. Dann hat er dich eben gebrochen und als nachgiebige Blutquelle neu aufgebaut. Es ist an dir, es entweder zu akzeptieren oder zu leugnen.«

»Glauben Sie, ich bin gerne so?«, fragte Ivy und stand ebenfalls auf, als ihr Frust ihr nicht mehr erlaubte, still zu sitzen. »Dass es mir gefällt, dass jeder mit langen Zähnen sich an mir gütlich tun kann? Ich wurde dazu geboren – es gibt keinen Ausweg. Es ist zu spät! Zu viele Leute erwarten, dass ich bin, wie ich bin, zu viele Leute zwingen mich, so zu sein, wie sie mich haben wollen.« Die Wahrheit kam heraus, und das machte sie wütend.

Mias Lippen waren leicht geöffnet. Ihre Augen waren hinter der Sonnenbrille verborgen, und die goldenen Spitzen ihres schwarzen Haares fingen das Licht ein. »Das ist die Ausrede eines faulen, verängstigten Feiglings«, sagte sie, und Ivy spannte sich an, bereit, ihr zu sagen, sie solle den Mund halten. Aber die Erinnerung an den gezügelten Hunger in diesen Augen hielt sie zurück. »Gib zu, dass du Unrecht hattest. Gib zu, dass du abstoßend bist und eine Hure. Und dann sei nicht mehr so.«

»Aber es fühlt sich zu gut an!«, schrie Ivy, und es war ihr egal, ob das gesamte Stockwerk sie hörte.

Mia zitterte am ganzen Körper. Sie atmete schnell und hielt sich an der Stuhllehne fest. Als sie den Blick wieder hob, realisierte Ivy, dass die Luft im Raum rein und makellos war, als hätte diese Diskussion nie stattgefunden. Ivys Puls raste, als sie tief einatmete und nur den Duft von Mias Parfüm und einen leichten Hauch ihres Schweißes witterte. *Verdammt. Das Miststück ist gut.*

»Ich habe nie gesagt, dass es einfach wird«, sagte Mia leise und Ivy fragte sich, was zur Hölle gerade passiert war. »Der Hunger wird immer da sein, wie ein eingewachsener Dorn. Jeder Tag wird schlimmer sein als der letzte, bist du glaubst, dass du keinen Moment mehr ertragen kannst. Aber dann wirst du die Hässlichkeit in deinen Augen sehen, die raus will – und wenn du stark bist, wirst du es einen weiteren Tag aufschieben. Und einen weiteren Tag wirst du die sein, die du sein willst. Außer du bist ein Feigling.«

Die darauffolgende Stille war fast tief genug, um Mias Herzschlag zu hören. Ivy stand reglos hinter ihrem Schreibtisch. Die Gefühle, die in ihr tobten, gefielen ihr gar nicht.

»Ich bin kein Feigling«, sagte sie schließlich.

»Nein, bist du nicht«, gab Mia zu, kleinlaut und ruhig. Gesättigt.

»Und ich bin nicht willensschwach«, fügte Ivy lauter hinzu.

Mia atmete tief durch und umklammerte fester ihre Tasche. »Doch, bist du.« Ivy kniff die Augen zusammen, und Mias Haltung veränderte sich wieder. »Vergib mir die Frage«, sagte die Banshee gleichzeitig peinlich berührt und nervös, »aber würdest du darüber nachdenken, mit mir zusammenzuziehen?«

Ivys Magen verkrampfte sich. »Raus.«

Mia schluckte schwer und nahm ihre Sonnenbrille ab, so dass Ivy ihre fahlblauen Augen sehen konnte, die Pupillen in vertrauter Weise erweitert. Sie wirkte verletzlich. »Ich kann dafür sorgen, dass es deine Mühe wert ist«, sagte sie und ließ ihren Blick über Ivy gleiten als wäre sie eine ehemalige Geliebte. Dann leckte sie sich über die Lippen. »Mein Blut für deine Gefühle? Ich kann alles befriedigen, was du brauchst, Ivy, und noch mehr. Und mit dem Schmerz, den du in dir trägst, könntest du ein Kind in mir entfachen.«

»Verschwinden ... Sie.«

Mit gesenktem Kopf nickte Mia und ging Richtung Tür.

»Ich bin nicht willensschwach«, wiederholte Ivy, und Scham mischte sich unter ihre Wut, als Mia durch das kleine Büro ging. Mia öffnete die Tür und warf einen zögernden Blick zurück.

»Nein«, sagte sie, und auf ihrem alterslosen Gesicht lag eine sanfte Traurigkeit. »Bist du nicht. Aber du brauchst Übung.« Und dann verließ sie mit wehendem Kleid das Büro. Das Klappern ihrer Absätze ließ das gesamte Stockwerk verstummen, und die Lichter glitzerten in den Strähnchen in ihrem Haar.

Wütend schlurfte Ivy zur Tür, knallte sie zu und ließ sich wieder in ihren Stuhl fallen. »Ich bin nicht willensschwach«, sagte sie laut, als würde es wahr werden, wenn sie es selbst hörte. Sie wollte nicht über das nachdenken, was Mia gesagt hatte – oder was sie angeboten hatte. Mit geschlossenen Augen holte Ivy tief Luft, um sich zu entspannen. Es hatte ihr nicht gefallen, wie Mia sie benutzt hatte. Aber das war es, was Banshees taten. Ivy war selbst schuld, dass sie mit ihr diskutiert hatte.

Wieder atmete Ivy tief durch, langsamer, um auch die Schultern zu entspannen. Sie konnte, wenn sie sich bemühte, alles ignorieren außer dem, worauf sie sich konzentrieren wollte – sie hatte einen Großteil ihres Lebens so verbracht. Es sorgte dafür, dass sie schnell wütend wurde, unterdrückte ihren Appetit und machte sie dünnhäutig, aber es hielt sie geistig gesund.

Ivy öffnete in der Stille die Augen und ihr Blick fiel auf die Träne. So unvermeidlich wie Schatten konzentrierte sie sich darauf, verzweifelt auf der Suche nach einer Ablenkung. Abscheu breitete sich in ihr aus, als sie das gebrochene Siegel betrachtete. *Wie sollte sie das Art erklären?*

Sie lehnte sich vor und zog sie heran. In einem Anfall von Schwelgerei schüttelte sie die Träne auf ihre Handfläche. Noch ein Moment des Zögerns, dann berührte sie sie mit der Zunge. Sie fühlte nichts, schmeckte nichts.

Schuldbewusst ließ sie den Kristall wieder in die Tüte fallen und drückte das Siegel so gut es ging wieder zu, bevor sie die Tüte zurück auf den Schreibtisch warf.

Die Träne war drei Jahre alt, aufgefunden in einem Raum, der nach Angst stank. Keine Banshee war verantwortlich. Der Mann hatte seine Frau ermordet und bereits einen Plan gehabt, wie er die Schuld loswerden konnte. Woher hatte er die Träne? Eine drei Jahre alte Träne?

Drei Jahre. Das war eine lange Zeit, um den Mord an seiner Frau zu planen. Besonders, nachdem sie erst seit acht Monaten verheiratet waren, wenn man Mr. Demeres Akte glauben wollte. *Langzeitplanung.*

Adrenalin schoss in ihre Adern und sie befühlte noch einmal die Tüte. Vampire planten so langfristig. Jacqueline hatte eine Akte. Nur ein Vampir, der bei der I.S. arbeitete, konnte wissen, dass sie tot war, unfähig, ihren Namen reinzuwaschen. Und nur ein I.S.-Angestellter hätte Zugang zu einer Träne aus der Asservatenkammer. Einer Träne, die niemand vermissen würde.

»Heilige Scheiße«, hauchte Ivy leise. Das ging bis ganz nach oben.

Ivy ließ die Träne fallen und griff nach dem Telefon. Art würde in seinen Sarg scheißen, wenn er das erfuhr. Aber dann kam ihr ein Gedanke, und sie zögerte, während der Hörer schon an ihrem Ohr rauschte.

Das Apartment war voller Angst gewesen – Wut und Angst, die von der Träne hätten aufgesaugt werden müssen – Angst, die Art mit ihren eigenen Gefühlen überlagert hatte.

Das Summen der Telefonleitung wurde zu einem Piepen, und sie legte den Hörer wieder auf, während sich der saure Geschmack des Verrats in ihrem Mund ausbreitete. Art hatte sie benutzt, um das psychische Level des Raums durcheinanderzubringen. Der Kerl von der Spurensicherung hatte es kommentiert, als er reingekommen war, und hatte sie dafür verantwortlich gemacht, nachdem er die Banshee-Träne gesehen hatte, weil er nicht gewusst hatte, dass sie nur noch zu dem beigetragen hatte, was sowieso schon da gewesen war. Niemand dokumentierte den psychischen Level, außer Banshees waren in die Sache verwickelt, und das hatten sie nicht gewusst, bevor sie den Tatort bereits verunreinigt hatten. »Nachdem Art die Träne gestohlen und in Position gebracht hatte«, murmelte sie. Art, der so dämlich war, dass er seine hübschen Reißzähne nicht einmal im Arsch eines anderen finden würde.

Sie nahm sich einen Stift aus ihrem Becher und trommelte damit auf den Schreibtisch. Sie wollte alles aufschreiben, tat es aber nicht, damit es nicht irgendwann gegen sie verwendet werden konnte. Vielleicht war er ja gar nicht so dämlich. »Motiv ...«, hauchte sie, genoss den Adrenalinstoß und hatte irgendwie das Gefühl, dass er sie reinigte. Warum sollte Art dabei helfen, einen Mord zu planen und zu verschleiern? Was hätte er davon? Da er untot war, wurde Art nur noch von seinem Überlebenstrieb und dem Drang nach Blut getrieben.

Blut?, dachte sie. Hatte der Verdächtige versprochen, Arts Blutschatten zu werden im Austausch für die Chance, seine Frau zu töten? *Klang nicht überzeugend.*

Ihre Mundwinkel wanderten nach oben, und sie lächelte. Geld. Arts Aufstieg in der I.S. hatte ein Ende gefunden, als er gestorben war und er nicht länger eine potenzielle

Blutquelle darstellte. Ohne Blut als Währung für Bestechungen konnte er in der vampirischen Hierarchie nicht mehr aufsteigen. Er lebte von den Zinsen seiner Vorodes-Ersparnisse, aber dem Gesetz nach durfte er an das eigentliche Kapital nicht heran. Wenn der Verdächtige Art einen Teil der Lebensversicherung seiner Frau versprochen hatte, war dieses Geld vielleicht genug, um Art einen Schritt vorwärtszubringen. Dass der untote Vampir offen zugegeben hatte, nicht abgeneigt zu sein, sich von Ivy durch die Beförderungsstufen mit nach oben ziehen zu lassen, verstärkte nur ihren Glauben, dass er Geldprobleme hatte. Untote Vampire arbeiteten nicht härter, als sie unbedingt mussten. Dass Art überhaupt arbeitete, sprach schon Bände.

Ivy klickerte hektisch mit dem Kugelschreiber, während sie versuchte, sich zu erinnern, ob sie je davon gehört hatte, dass Art vorzeitig gestorben war. Er arbeitete seit dreißig Jahren am selben Schreibtisch.

Entschlossen ließ sie den Stift fallen und zog die gelben Seiten hervor, auf der Suche nach der größten Anzeige für eine Versicherung, die nicht mit den älteren Vamp-Familien verbunden war. Falls nötig würde sie alle anrufen. Sie wählte und benutzte die Sozialversicherungsnummer des Verdächtigen, um herauszufinden, dass die nächste Zahlung erst am fünfzehnten fällig werden würde. Es war eine stattliche Summe, und ungeduldig drückte sie wieder und wieder die Raute-Taste, bis die Maschine einen virtuellen Herzinfarkt erlitt und sie an einen echten Sachbearbeiter weitergab.

»Were-Versicherung«, meldete sich eine höfliche Stimme.

Ivy setzte sich aufrechter hin. »Hier ist Officer Tamwood«, sagte sie, »ich möchte die Daten von einem Ehepaar Demere überprüfen. Könnten Sie mir sagen, ob sie in letzter Zeit ihre Lebensversicherung aufgestockt haben?«

Es folgte ein Moment des Schweigens. »Sind Sie von der I.S.?« Bevor Ivy antworten konnte, fuhr die Frau fort: »Es tut mir leid, Officer Tamwood. Ohne Durchsuchungsbefehl kann ich keinerlei Informationen weitergeben.«

Ivy lächelte grimmig. »Das ist in Ordnung, Ma'am. Mein Partner und ich werden mit dem kleinen Stück Papier zu Ihnen kommen, sobald die Sonne untergegangen ist. Wir haben es ein wenig eilig, also lässt er vielleicht sogar das Frühstück aus, um zu Ihnen zu kommen, bevor Sie schließen.«

»Ähm ...« Ivy fühlte, wie sich beim Klang der Angst in der fremden Stimme ihre Pupillen erweiterten. »Das muss nicht sein. Ich helfe der I.S. jederzeit gerne. Lassen Sie mich die Police heraussuchen.«

Ivy klemmte sich das Telefon zwischen Ohr und Schulter, knibbelte an ihren Nägeln herum und versuchte angestrengt, ihre Pupillen wieder zu verkleinern.

»Hier ist sie!«, plapperte die Frau nervös. »Mr. und Mrs. Demere haben kurz nach ihrer Heirat eine ziemlich bescheidene Police abgeschlossen ...« Die Stimme der Frau verklang, als wäre sie verwirrt. »Sie wurde vor ungefähr vier Monaten aufgestockt. Warten Sie einen Moment.«

Ivy griff nach einem Stift.

»Okay«, sagte die Frau, als sie sich wieder meldete. »Jetzt weiß ich, warum. Mrs. Demere hat ihre Ausbildung beendet. Sie war auf dem Weg, die Ernährerin der Familie zu werden, und sie wollten noch den günstigeren Zahlungsplan vor ihrem nächsten Geburtstag ausnutzen. Die Auszahlungssumme beläuft sich auf eine halbe Million.« Die Frau lachte leise. »Da war jemand aber ein wenig enthusiastisch. Ein Abschluss als Stenotypistin wird ihr keinen Job verschaffen, der gut genug ist, um so eine Versicherung zu rechtfertigen.«

Der nächste Adrenalinstoß breitete sich in Ivy aus, und der Stift zerbrach. »Dreck!«, fluchte sie, als Tinte über ihre Hand und den Schreibtisch floss.

»Ma'am?«, fragte die Frau vorsichtig.

Ivy starrte auf die blaue Tinte auf ihrer Hand und sagte: »Es ist nichts. Mein Stift ist gerade zerbrochen.« Sie ließ ihn in den Mülleimer fallen, zog mit dem Fuß eine Schublade auf und griff nach einem Taschentuch. »Es könnte im Interesse Ihrer Firma sein, wenn Sie die Bearbeitung der Forderung für ein paar Wochen verzögern«, sagte sie, während sie sich die Finger abwischte. »Könnten Sie mich anrufen, wenn jemand versucht, den Anspruch geltend zu machen?«

»Danke, Officer Tamwood«, sagte die Versicherungsangestellte fröhlich. Im Hintergrund war das Geräusch eines kratzenden Bleistifts zu hören. »Ich danke Ihnen vielmals. Ich habe Ihre Nummer auf dem Display, und ich werde Sie bestimmt anrufen.«

Peinlich berührt legte Ivy auf. Sie bemühte sich immer noch, die Tinte von den Fingern zu bekommen, aber in ihrer Magengrube prickelte leise Aufregung. In keinem Bericht stand, dass die Träne nicht funktionierte. Das hatte definitiv Potenzial. Aber sie konnte mit ihren Verdächtigungen nicht in den Keller gehen; wenn Art jemandem da unten einen Anteil am Geld versprochen hatte, würden ihre Anschuldigungen im Nichts verlaufen, und sie würde dastehen wie ein jammerndes Miststück, das versuchte, sich davor zu drücken, Art ihr Blut zu geben. Dass sie genau das tat, beschäftigte sie bei weitem nicht so sehr, wie sie gedacht hätte.

Sie knüllte das Taschentuch zusammen und griff wieder nach dem Telefon. Kisten. Kisten konnte ihr dabei helfen. Vielleicht konnten sie zusammen zum Mittagessen gehen.

5

Durch das Eichenparkett hörte sie gedämpft, wie unten die letzten Gäste vor die Tür gebeten wurden, und Ivy entspannte sich. Sie fand mehr Frieden hier, als sie zugeben wollte. Sie streckte ihre langen Beine unter das Klavier, hob ihren geschmolzenen Milchshake hoch und trank durch einen Strohhalm, während sie Arts Untergang plante. Vor ihr auf dem geschlossenen Deckel lagen ausgeschriebene Alternativ-Pläne, ordentlich auf dem schwarzen Holz angeordnet. Unter ihr stolperten Piscarys lebende Gäste im Sonnenaufgang nach Hause. Die Untoten waren vor einer guten Stunde verschwunden. Der Geruch von Tomatensauce, Würstchen, Nudeln und dem schweren Schokoladendessert, das jemand zum Mitnehmen bestellt hatte, drang durch die Fugen.

Das Licht, das durch die großen Fenster fiel, war dünn. Ivy sah von den Papieren auf und streckte ihre Arme in Richtung der hohen Decke. Normalerweise war sie um diese Uhrzeit im Bett – wartete auf Kisten, während er den Schlussdienst machte und danach zu ihr ins Bett glitt, meist mit einem sanften Biss. Häufig verwandelte es sich in einen atemlosen Kreis aus Geben und Nehmen, der sie zufrieden in den Armen des anderen einschlafen ließ, während die Morgensonne ihre Haut wärmte.

Ihr Blick verschwamm, und Ivy spielte am Saum ihres Spitzenoberteils herum, während sie an Mia dachte. Banshees waren dafür bekannt, dass sie Ärger schürten. Oft ließen sie sich von einer funktionierenden Firma anstellen und trieben dann mit ein paar wahren Worten alte Freunde dazu, sich an die Kehlen zu gehen, woraufhin sie sich zurücklehnten und die Gefühle aufsaugten, während alles um sie zerfiel. Dass sie mit der Wahrheit schafften, machte alles nur noch schlimmer. Sie liebte Kisten – aber es Liebe zu nennen, wenn sie Blut nahm? Das war ein wildes Bedürfnis. Dort konnte man keine Liebe finden. Sie senkte den Blick auf ihre Zettel und schob eine Hand zwischen ihren Hals und den kratzenden Spitzenkragen.

Ivy fühlte sich wie ein Möchtegern-Vamp, gekleidet in enge Jeans und ein enges schwarzes Oberteil mit tiefem Ausschnitt, verziert mit durchsichtiger Spitze. Ein Paar flache Sandalen vervollständigte das Outfit. Es war nicht das, was sie angezogen hätte, um ihrem Partner einen Mord anzuhängen, aber es war der Kleidung ähnlich, die Dornröschen trug.

Sie saß seit Stunden hier am Klavier. Nachdem sie sich mit Kisten zum Mittagessen getroffen hatte, hatte sie sich krankgemeldet und es auf schlechtes Sushi geschoben. Kisten war nicht davon überzeugt, dass es ein guter Weg zu einer Beförderung war, Piscarys Fehler in Arts Wohnung abzuladen und ihn damit ins Gefängnis zu bringen. Aber Ivy gefiel die Gerechtigkeit, die darin lag. Es der I.S. zu melden würde ihr nichts bringen, außer, dass alle irritiert waren, weil sie sich eingemischt hatte. Sicher, Mr.

Demere würde so nicht für den Mord an seiner Frau ins Gefängnis wandern, aber das bedeutete noch lange nicht, dass er ungeschoren davonkommen würde. Sie würde sich später um ihn kümmern, wenn er dachte, er hätte alles überstanden.

Es überraschte sie, dass sie sich amüsierte. Sie mochte ihren Job bei der I.S., mochte es, sich von dem Punkt, wo Pläne schiefgelaufen waren, nach vorne zu arbeiten, um dumme Leute zu fangen, die dumme Entscheidungen getroffen hatten. Aber selbst zu planen, wie man jemanden in einem von ihr ausgelegten Netz fing, war befriedigender. Sie war auf dem Weg ins Management, aber sie hatte nie innegehalten, um sich zu fragen, ob sie das auch wollte.

Und so hatte Kisten ihr, nachdem sie mit ihm alles besprochen hatte, widerwillig ihr Auto gegen Bargeld abgekauft, und sie war mit dem nicht zurückzuverfolgenden Geld einkaufen gegangen. Im ersten Zauberladen, den sie betreten hatte, hatte sie sich dumm gefühlt, aber der Mann war überaus hilfreich gewesen, nachdem sie ihm ihr Geld gezeigt hatte.

Ivy stellte mit kalten Fingern ihren Milchshake auf einen Untersetzer und griff nach dem Schlafamulett, das sicher in seiner Seidenhülle lag. Sie hatte einen Trank gewollt, den sie Art einflößen konnte, aber die Hexe hatte sich geweigert, ihn ihr zu verkaufen. Er hatte behauptet, das wäre für einen Anfänger zu gefährlich. Er hatte ihr allerdings ein Amulett verkauft, das denselben Zweck erfüllen würde, und sie befühlte vorsichtig die hölzerne Scheibe an ihrem langen Band. Sie war davon überzeugt, dass es funktionieren würde. Der Mann hatte sie dreimal ermahnt, sicherzustellen, dass es ihr jemand wieder abnehmen würde, weil sie sonst zwei Tage lang schlafen würde, bevor der Zauber aus Sicherheitsgründen brach.

Ein zweites, metallisches Amulett würde ihr die Illusion blonder Haare verschaffen und sie ungefähr zwanzig Zentimeter kleiner wirken lassen, so dass sie eher die Größe und Figur von Dornröschen hatte. Sie wusste nicht, wie die Hexen in der I.S. es schafften, noch Geld zu machen, nachdem die zwei Zauber ungefähr so viel gekostet hatten wie ihr Auto. Dann fragte sie sich, ob die Hexe wohl ihre Preise erhöht hatte, weil sie ein Vampir war.

Sie saß seit zwei Stunden hier, um verschiedene Möglichkeiten auszuarbeiten, und langsam wurde sie steif. Das I.S.-Hochhaus hatte sich inzwischen geleert und Art war zu Hause.

Er hatte sie kurz nach Sonnenaufgang angerufen, um herauszufinden, warum sie ihm auswich, und mit ihren Zaubern in der Hand hatte sie einem Treffen mit ihm zugestimmt. Sonnenaufgang. Sein Haus.

Aufgeregt klickte Ivy ihren Kugelschreiber auf und zu und stellte sich vor, wie er wahrscheinlich seine Zeit im Büro damit verbracht hatte, große Töne über seine Pläne für den heutigen Tag zu spucken. Ihre Augen fielen auf die blauen Flecken in ihren Nägeln von dem Stift, den sie heute bereits zerbrochen hatte, und ließ den noch funktionierenden Stift aus der Hand fallen.

Ein Knarren der Treppe sorgte dafür, dass ihr das Herz in die Kehle stieg. Sie hatte Piscary nichts von ihren Plänen erzählt, und nur er oder Kisten würden nach oben kommen. Aber dann glitt ihr Blick zum Fenster, und sie schalt sich Dummkopf. Piscary würde so kurz vor Sonnenaufgang niemals nach oben kommen.

Entschlossen, der Treppe weiterhin den Rücken zuzuwenden, versteckte sie ihre Nervosität, indem sie die Tischlampe ausschaltete und die Papiere zusammenschob. Aber sie ging nicht davon aus, dass Kisten sich davon täuschen ließ. Als sie aufsah, grinste er sie an. Sie zog die Augenbrauen hoch, als sie ihren Blick über seine glänzenden Schuhe und den Nadelstreifenanzug gleiten ließ, bis er schließlich an der gelockerten Krawatte hängenblieb.

»Wen genau willst du darstellen?«, fragte sie scharf. Er trug selten Anzug und noch seltener Krawatte.

»Tut mir leid, Liebes«, sagte er mit diesem grausamen britischen Akzent. »Ich wollte dich nicht erschrecken.«

Er beugte sich vor, um eine Hand um ihre Hüfte zu schieben und leicht an ihr zu ziehen, aber sie ignorierte ihn und tat so, als würde sie ihre Papiere studieren. »Ich mag deinen Akzent nicht«, sagte sie und löste mit der Unhöflichkeit einen Teil ihrer Anspannung. Sie roch etwas an ihm, und das machte es noch schlimmer. »Und du hast mich nicht erschreckt. Ich habe dich und irgend so ein Flittchen auf der Hälfte der Treppe gerochen. Wer war es? Diese kleine Blonde, die jeden Zahltag hierherkommt, um dir schwarze Augen zu machen? Sie ist früh dran. Es ist erst Donnerstag.«

Kisten ließ sie los und trat einen Schritt zurück. Mit gesenktem Blick hob er einen Zettel auf. »Ivy …«

Es war leise und lockend, und sie biss die Zähne zusammen. »Ich mache das.«

»Ivy, er ist ein Untoter.« Mit einem leisen Stöhnen setzte er sich neben sie auf die Klavierbank. »Wenn du einen Fehler machst … Sie sind so verdammt stark. Wenn sie wütend werden, tun sie nicht mal mehr so, als würden sie sich an so etwas wie Mitleid erinnern.«

Das wussten sie beide nur zu gut. Ihr Puls beschleunigte sich, aber sie hielt ihr Gesicht ausdruckslos. »Ich werde keinen Fehler machen«, sagte sie und strich eine Notiz auf einem Zettel aus.

Kisten nahm ihr den Stift aus den Fingern und legte ihn auf den Papierstapel. »Du hast nur ein paar Hexenzauber und das Überraschungselement. Wenn er auch nur ahnt, dass du vorhast ihn zu betrügen, wird er dich k.o. schlagen und aussaugen. Niemand wird etwas sagen, wenn du zu ihm gegangen bist, um ihm etwas anzuhängen. Selbst Piscary nicht.«

Ivy entzog ihm ihre Hand und spielte die Sorglose. »Er wird mich nicht umbringen. Wenn er es tut, dann verklage ich ihn wegen ungesetzlichem Frühtod.«

Sichtbar unglücklich öffnete Kisten das Klavier. Schatten spielten über ihn und betonten noch seine Narben. »Ich will nicht, dass du verletzt wirst«, sagte er und legte seine Finger fast über eine Oktave, aber ohne eine Taste anzuschlagen. »Und ich will nicht, dass du tot bist. Dann bist du überhaupt nicht mehr unterhaltsam.«

Ihr Auge zuckte, und sie versuchte, es mit reinem Willen zu stoppen. Wenn alles richtig lief, wäre Art wirklich stinkig. Wenn es schiefging, wäre Art wirklich stinkig und in der Lage, ihr wehzutun. »Ich will auch nicht sterben«, gab sie zu und zog die Beine unter die Bank.

Kisten schlug einen Akkord an und dann sofort den passenden Mollakkord, der aber irgendwie falsch klang. Während die Echos durch den heller werdenden Raum hallten, verfluchte Ivy sich dafür, dass sie so von Blut abhängig war, dass es einen vorrangigen Faktor in ihrem Leben darstellte. Mia hatte gesagt, dass sie nur üben musste, Nein zu sagen. Ivy hatte lebende Vampire, die dem Blut entsagten, immer verspottet, in der Meinung, dass sie alles verrieten, was sie waren. Jetzt fragte sie sich, ob das nicht genau der Grund war, warum sie es taten.

Der unheimliche Klang endete, als Kisten seinen Fuß vom Pedal hob und nach der blauen Seidentasche griff.

»Vorsicht«, warnte Ivy und packte sein Handgelenk. »Es ist bereits aktiviert und wird dich schneller umwerfen als Tequila.«

Verwundert fragte Kisten: »Das hier? Was bewirkt es?«

Um ihre Nervosität zu verstecken, beugte sich Ivy wieder über ihre Papiere. »Es hält mir Art vom Hals.« Er hielt es an der Kordel wie eine Ratte am Schwanz. Offensichtlich mochte er auch keine Hexenmagie. »Es ist harmlos«, sagte sie und gab es auf, auf die letzte Minute noch zu planen. »Bring einfach Dornröschen, wenn ich dich anrufe.«

Kisten lehnte sich nach hinten und berührte seine vordere Hosentasche. »Ich habe mein Telefon. Es ist auf Vibrieren gestellt. Ruf mich an. Ruf mich oft an.«

Ivy erlaubte sich ein Lächeln. Sie legte den Stift zur Seite und schob vorsichtig das Amulett in seiner Hülle in ihre Hosentasche. Kisten drehte sich auf der Bank um, um sie im Blick zu behalten, während sie sich eine Phiole mit Salzwasser in das von einem Mieder aufgebesserte Dekolleté schob. Der Mann im Zauberladen hatte darauf bestanden, dass sie die Phiole mitnahm, da man damit im Notfall die Wirkung des Schlafzaubers brechen konnte. Die Kühle an ihrer Brust ließ sie die Schultern bewegen, bis das Glas sich erwärmte. Kisten grinste breit, als sie den Kopf wieder hob. »Wie sehe ich aus?«, fragte sie und posierte vor ihm.

Lächelnd zog er sie an sich. »Mmmm, todschick, Baby«, sagte er, und sein Atem wärmte ihren Bauch, da er immer noch auf der Bank saß. »Ich mag das Oberteil.«

»Wirklich?« Sie schloss die Augen und ließ zu, dass die Mischung ihrer Düfte ihre Blutlust anregte. Sie schob ihre Hände aggressiv in seine Haare, und seine Finger legten sich um ihren Hintern, während seine Lippen die Unterseite ihrer Brüste fanden. Und sie fragte sich, ob Liebe in Blut zu finden es nicht wert wäre, die Scham zu ertragen, dass sie sich selbst angelogen hatte; sich von anderen hatte sagen lassen, wer sie war, und zugelassen hatte, in dieses scheußliche Wesen verwandelt zu werden. Weil sie spürte, wie sich Zweifel in ihr breitmachten, entzog sie sich ihm. »Ich muss gehen.«

Kistens Gesicht war ein Bild der Sorge. Sie strich seine Haare glatt und stellte fest, dass sie seine Krawatte zurechtrücken wollte. Oder noch besser, sie ihm vom Hals reißen. »Ich ziehe mich um, dann folge ich dir«, sagte er. »Dein Wein steht unten auf dem Tresen.«

»Danke.« Sie griff nach der Stofftasche mit ihrer Wechselkleidung und zögerte. Sie wollte ihn fragen, ob er glaubte, dass es möglich war, Liebe in Blut zu finden, aber dann hielt die Scham sie zurück. Sie ging mit klappernden Sandalen zur Treppe und fühlte sich, als würde sie diesen Boden vielleicht nie wieder betreten. Oder höchstens so verändert, dass sie nicht mehr wiederzuerkennen wäre.

»Verbrennst du diese Zettel für mich?«, rief sie, und zurück kam ein: »Schon dabei!«

Alle Gäste hatten das Restaurant verlassen und nur die Angestellten unterhielten sich gedämpft, als sie durch die Bar ging. In der Küche war die Musik laut genug aufgedreht, um die Spülgeräusche zu überdecken, und alle genossen die Zeit zwischen Piscarys Rückzug für den Tag und Schichtende. Wie Kinder, die allein zu Hause waren, scherzten sie und zogen sich gegenseitig auf. Ivy mochte diese Zeit am liebsten. Oft lag sie im Bett und lauschte, ohne je jemandem zu verraten, dass sie alles hören konnte. Warum zur Hölle konnte sie nicht einfach dabei sein? Warum war für sie alles so verdammt kompliziert?

Im Vorbeigehen schnappte sie sich eine Flasche von Piscarys billigstem Wein und tauschte ein High-Five mit dem Pizzalieferanten, der gerade zurückkam, als sie das Restaurant verließ. Sie konnte nicht anders als zu bemerken, dass die Atmosphäre in der Küche das absolute Gegenteil von der im I.S.-Hochhaus war. Im Büro überwog Mitleid; in der Küche war es durchtriebene Erwartung.

Kurz nachdem sie am Nachmittag aufgemacht hatten, hatte bereits die gesamte Belegschaft gewusst, dass im Kühlraum eine Leiche lag. Sie hatten auch bemerkt, dass Kisten gute Laune hatte. Und nachdem sie ihre Arbeitszeiten geändert hatte, wussten sie auch, dass sie etwas vorhatte. Vielleicht hatte Kisten Recht gehabt.

Der Wein landete in ihrer Tasche, die sie dann auf dem Gepäckträger ihrer Maschine festschnallte. Sie schwang sich auf das Motorrad, startete den Motor und schloss die Augen, als sie den Helm aufsetzte und die geballte Kraft unter sich fühlte. Sie winkte einem zweiten Lieferanten zu, der gerade zurückkam, und fädelte sich in den Berufsverkehr ein. Die Rushhour wäre bald vorbei, und dann übernahmen Menschen Cincinnati bis zum Mittag, wenn die früh aufstehenden Inderlander langsam erwachten.

Ivy fühlte sich in ihrem Helm isoliert. Sie war am Leben, frei, und der Asphalt, der unter ihr dahinschoss, gab ihr einen Frieden, den sie sonst selten fand. Sie seufzte und wünschte sich, sie könnte einfach auf die Autobahn fahren und nicht mehr anhalten. Es würde nie passieren. Ihr Drang nach Blut würde ihr folgen, und ohne Piscary als Meister, der sie beschützte, würde der erste untote Vampir, dem sie begegnete, sie für sich beanspruchen. Es gab keinen Ausweg. Hatte es nie gegeben. Mias Angebot tauchte in ihren Gedanken auf, und sie wälzte die Idee im Kopf und dachte sie durch, bevor sie sie als langsame, angenehme Form von Selbstmord verwarf.

Die Sonne ging endgültig auf, als sie über die Brücke nach Cincinnati fuhr. Sie war spät dran. Art wäre entweder sauer oder noch gut gelaunt von den angeberischen Männersprüchen des Tages. Der Gedanke, dass sie eine Hure war, schoss durch ihren Kopf, bevor sie ihn unterdrücken konnte. Sie würde sich nicht verkaufen, um auf der Karriereleiter aufzusteigen. Sie konnte Art lange genug widerstehen, um ihn auszuknocken, und dann würde sie seinen Arsch an die Wand nageln und ihn dazu benutzen, eine neue Leiter zu bauen.

Ihr Pulsschlag beschleunigte sich, als sie scharf rechts abbog und sich durch den Verkehr schlängelte, bis sie den Fountain Square erreichte. Der Platz war leer, und sie fand einen Parkplatz direkt am Ausgang der Tiefgarage. Nervosität breitete sich aus, als sie den Motor ausmachte. Noch ein Moment mit einem kleinen Spiegel und rotem Lippenstift, und sie war fertig. Sie ließ ihren Helm auf dem Sitz liegen, löste ihre Tasche vom Gepäckträger und hielt mit mehr Selbstbewusstsein als sie wirklich empfand auf das erleuchtete Rechteck des Ausgangs zu. Es gab keinen Grund zur Besorgnis. Sie hatte alles ausreichend geplant.

Sie blickte sich verstohlen um, um sicherzustellen, dass niemand sie beobachtete, dann wanderte ihre Hand zu dem verzauberten Silber, das ihr Aussehen verändern würde. Sie zog die winzige Nadel aus dem uhrgroßen Amulett, um die Verkleidung zu aktivieren, warf die Nadel weg und legte sich das Amulett um den Hals. Dieses Amulett musste nicht ihre Haut berühren, sie musste es nur am Körper tragen. Die Hexe hatte erklärt, dass es die Energie ihrer eigenen Aura verwendete, aber ihr war das völlig egal, solange es seinen Zweck zuverlässig erfüllte.

Ein unheimliches Gefühl überlief sie und Ivy schauderte und blieb einen Moment stehen. Es würde sie nicht aussehen lassen wie Dornröschen – das war illegal, war ihr streng erklärt worden –, aber mit der Kleidung, der Haarfarbe und ihrer Haltung war es nah genug dran.

Sie blinzelte im hellen Licht, als sie auf den Gehweg trat und Richtung Bushaltestelle ging. Hexenmagie war eine mächtige Sache, und sie fragte sich, ob niemand das Potenzial darin sah, oder ob es niemanden interessierte, da die Hexen sich selbst verwalteten und ruhig ihrem Geschäft nachgingen, um unter den Menschen nicht aufzufallen.

Der Bus fuhr gerade vor, als sie ankam – genau, wie sie es geplant hatte –, und sie war die Dritte, die einstieg. Sie warf eine Wertmarke ein, bevor sie sich einen Platz suchte und ihre Stofftasche auf den Sitz neben sich stellte, damit niemand sich dort hinsetzte. Sie hatte auch eine Dauerkarte, aber durch die Wertmarke war sie anonymer.

Während der Bus durch die Straßen rumpelte, beobachtete sie die Stadt vor ihrem Fenster, während die Bürogebäude in große, schmale Häuser übergingen, die Vorgärten von der Größe eines Parkplatzes hatten. Sie entspannte sich ein wenig, als mit steigenden Hausnummern die Häuser hübscher und die Farben frischer wurden. Als sie schließlich Arts Block erreichte, standen in den Straßen nicht mehr verrostete, verbeulte Autos sondern glänzende Neuwagen. Sie musterte im Vorbeifahren Arts Haus und wartete noch zwei Blocks lang, bevor sie dem Fahrer signalisierte, dass sie aussteigen wollte. Es war keine normale Haltestelle, aber er hielt an. Sie ignorierte die erzürnten Menschen auf dem Weg zur Arbeit, an denen sie vorbeimusste, bedankte sich leise und stieg aus.

Sie ging schon, bevor die Bustüren sich geschlossen hatten. Sie achtete darauf, die Schuhe möglichst geräuschvoll auf den Boden zu setzen, um Aufmerksamkeit zu erregen. Dann fiel ihr wieder ein, dass sie angeblich klein war, und sie verkürzte ihre Schritte. Das Klipp-Klapp, Klipp-Klapp klang unnatürlich, und sie senkte den Blick als wolle sie nicht bemerkt werden, als sie hörte, wie ein Wagen ansprang.

An Arts Haus zögerte sie und tat so, als müsste sie die Adresse kontrollieren. Es war kleiner als sie erwartet hatte, wenn auch gut in Schuss. Ihre Eltern wohnten in einem bescheidenen Herrenhaus, das mit dem Geld erbaut worden war, das ihr Urgroßvater mit der Eisenbahn verdient hatte. Die unterirdischen Apartments waren hinzugefügt worden, nachdem ihre Urgroßmutter Piscarys Aufmerksamkeit erregt hatte. Art konnte kein besonders großes Schlafzimmer haben; die Grundfläche des zweistöckigen Hauses war gerade mal neun mal fünfzehn Meter.

Sie schwang ihre Stofftasche nach vorne und erklomm mit gestelzten Schritten die Treppe. Vor dreißig Jahren wäre das Haus untere Oberschicht gewesen, und es war offensichtlich, warum Art das Geld brauchte. Die Zinsen, die er aus seinem Kapital bekam, waren gerade ausreichend, um ihn in der unteren Oberschicht zu halten – nach dem Standard der Siebziger-Jahre. Die Inflation ließ ihn auf der sozioökonomischen Leiter langsam nach unten rutschen. Er brauchte etwas, das ihn nach oben zog, bevor er in den nächsten hundert Jahren in die Armut abrutschte.

An der Tür klebte eine Nachricht. Sie lächelte böse, zog sie ab und ließ sie in die Büsche fallen, damit die Spurensicherung sie finden konnte. »Ich bin also spät dran?«, murmelte sie und fragte sich, ob er die Eingangstür wohl abhörte. Sie verstellte ihre Stimme, bis sie fast piepste, und rief: »Art, ich habe Wein mitgebracht. Kann ich reinkommen?«

Sie bekam keine Antwort, also öffnete sie die Tür und trat in ein bescheidenes Wohnzimmer. Die Vorhänge waren vorgezogen, aber er hatte ein Licht für sie angelassen. Sie wanderte durch die makellose Küche. Wieder hingen Ledervorhänge vor den Fenstern, verborgen hinter einem leichten weißen Stoff. Ledervorhänge konnten einen untoten Vampir nicht vor der Sonne schützen, aber die Fenster zu verrammeln verstieß gegen die Vorschriften der Stadt. Ein weiterer Zettel an einer Innentür lud sie nach unten ein.

Sie schürzte angewidert die Lippen und fing an sich zu wünschen, sie hätte eine Nachtverabredung arrangiert, damit sie dieses widerliche Spiel nicht spielen musste. Sie zerknüllte den Zettel und ließ ihn auf das verblasste Linoleum fallen. Dann nahm sie das Amulett aus verzaubertem Silber ab und schauderte wieder, als etwas über ihre Aura glitt. Ihre Haare verloren ihre weizenblonde Färbung. Sie hängte das Amulett an die Türklinke, damit Kisten wusste, wo sie war.

Sie klopfte und öffnete die Tür, um dahinter eine nach unten führende Treppe zu entdecken. Musik klang von unten herauf. Sie wollte sich darüber ärgern, aber er hatte recherchiert und es war etwas, das sie tatsächlich mochte – Mitternachtsjazz. Sie sah im dämmrigen Licht ein Stück cremefarbenen Teppich. Nervös umklammerte sie ihre Tasche und rief: »Art?«

»Mach die Tür zu«, knurrte er von irgendwo außerhalb ihres Sichtfeldes. »Die Sonne ist aufgegangen.«

Ivy ging drei Stufen nach unten und schloss die Tür, wobei sie feststellte, dass sie dick war wie Sargholz und mit Stahl verstärkt. Zusätzlich gab es noch einen Metallriegel, den man vorschieben konnte. An der Rückseite hingen eine Uhr, eine Seite aus dem Almanach, ein Kalender und ein Spiegel. Ihre Mutter hatte etwas ganz Ähnliches.

Wieder wollte Ivy ihn verspotten, aber alles sah professionell und geschäftsmäßig aus. Keine Bilder von Sonnenuntergängen oder Friedhöfen. Der einzige Eintrag über sie im Kalender war »Treffen mit Ivy.« Keine Ausrufezeichen, keine Herzen, kein Schnickschnack. *Gott sei Dank.*

Sie berührte die Tasche mit dem Schlafamulett und kontrollierte ihr Dekolleté mit dem falschen Trank. Sich auf Hexenmagie zu verlassen, machte sie nervös. Sie mochte sie nicht. Verstand sie nicht. Sie hatte keine Ahnung gehabt, dass Hexenmagie so vielseitig war, und noch weniger hatte sie geahnt, dass sie so mächtig war. Sie hatten da ein nettes kleines Geheimnis, und sie hüteten es auf dieselbe Weise wie Vampire ihre Stärken verbargen: Indem sie sie offen zugaben und sich von Gesetzen einschränken ließen, die, wenn es hart auf hart kam, völlig bedeutungslos waren.

Mit laut klappernden Sandalen ging sie die Treppe hinunter und beobachtete Arts Schatten, der sich der Treppe näherte. Der leise Geruch von Bleiche stieg in ihre Nase und wurde stärker, als sie unten ankam. Sie hielt ihre Miene ausdruckslos, war aber froh, dass er immer noch seine normale Arbeitskleidung trug. Hätte er einen Hugh-Hefner-Bademantel getragen und ein Glas Wodka in der Hand gehabt, hätte sie geschrien.

Sie ignorierte seinen Blick und musterte sein unterirdisches Apartment. Es war reich ausgestattet und gemütlich, mit niedriger Decke. Das Haus war alt und die Stadt hatte klare Vorschriften darüber, wie viel Erde man unter seinem Haus ausheben durfte. Sie standen in etwas, das offensichtlich das Wohnzimmer war. Ein holzgetäfelter Flur führte wahrscheinlich zu einem traditionellen Schlafzimmer. Ihre Augen fielen auf den Gaskamin in der Mitte des Raums, und sie zog die Augenbrauen hoch.

»Es trocknet die Luft aus«, sagte er. »Du glaubst doch nicht, dass ich dich verführen will, oder?«

Erleichtert ließ sie ihre Stofftasche neben die Couch fallen. Sie stemmte eine Hand in die Hüfte und schüttelte ihre Haare aus, froh, dass sie wieder ihr natürliches Schwarz hatten. »Art, ich bin nur wegen einer Sache hier, und wenn ich damit durch bin, räume ich auf und verschwinde. Verführung würde mein gesamtes Bild von dir zerstören. Also, warum bringen wir es nicht einfach hinter uns?«

Arts Augen wurden tiefschwarz. »Okay.«

Es ging schnell. Er bewegte sich, streckte den Arm aus und riss sie an sich. Instinkt ließ sie einen Arm zwischen sich ziehen, als er sie an seine Brust presste. Ihr Puls raste, und sie starrte ihn an, als er zögerte, weil ihre nackte Angst etwas in ihm berührte. Für ihn war es eine Droge, und sie wusste, dass er innehielt, um den Genuss zu verlängern. Sie verfluchte sich, als ihre eigene Blutlust ansprang, berauschend und unaufhaltsam. Sie wollte das nicht. Sie konnte Nein sagen. Ihr Wille war stärker als ihre Instinkte.

Aber ihr Kiefer verspannte sich und er zeigte ihr in einem Lächeln seine Reißzähne, während sie fühlte, wie ihre Pupillen sich instinktiv erweiterten. Das wilde Verlangen, ihm ihren Willen aufzuzwingen, brachte jeden Nerv in ihrem Körper zum Schwingen. Mia hatte Unrecht. Hier konnte es keine Liebe geben, keine Zärtlichkeit. Und als Art sie noch näher an sich zog und seine Zähne sanft über ihren Hals glitten, verspannte sie sich vor Erwartung, während sie gleichzeitig versuchte, sie unter Kontrolle zu halten. *Konzentrier dich, Ivy*, dachte sie, innerlich zerrissen. Sie war hier, um seinen Sarg zuzunageln, nicht, um sich nageln zu lassen.

Er wusste, dass sie sich ihm nicht ergeben würde, bis er sie an die Kante getrieben hatte, an der ihre Blutlust die

Entscheidungen traf. Und selbst während sie Nein sagte, umklammerte er ihre Schultern, ließ eine Hand über ihre Hüfte gleiten und schob sie dann suchend zwischen ihre Schenkel. Ein rumpelndes Grollen hob sich aus seiner Kehle und ließ sie schaudern. Sein Griff wurde verlangend, herrisch. Und sie ließ das Gefühl anwachsen, während sie sich vor sich selbst ekelte.

Woher kommt das so schnell?, dachte sie. Hatte sie es die ganze Zeit gewollt und sich selbst belogen? Oder hatte Mia Recht damit, dass sie Art zurückgewiesen hatte, weil nachgeben bedeuten würde, dass sie wusste, dass sie Liebe in der Scheußlichkeit finden konnte, und zu feige war, darum zu kämpfen?

Art hakte geschickt einen Zahn in ihren Spitzenkragen und zerriss ihn. Das Geräusch erschütterte sie. Seine Zähne glitten über sie, voller Versprechung, und sie konnte an nichts mehr denken außer, ihn dazu zu bringen, sie zu versenken, um sie mit dem wunderbaren Gefühl zu erfüllen, das ihr bewies, dass sie am Leben war und Vergnügen empfinden konnte, selbst wenn sie dafür mit ihrer Selbstachtung zahlte.

Art sprach kein Wort, stand nur da, hielt sie an sich gepresst, während der fordernde Druck seiner Lippen, seiner Finger, ja sogar seiner Atmung jeden Nerv in ihrem Körper zum Leben erweckte. Er hatte sie nicht verzaubert; musste es nicht tun. Sie war willig, alles zu sein, was er wollte. Ein winziger Teil von ihr schrie, wurde aber verdrängt von ihrem Drang, ihm nachzugeben und im Gegenzug etwas zu spüren. Auch wenn sie wusste, dass es falsch war.

Er löste seine Finger von ihrer Hüfte, ließ sie selbstsicher nach oben gleiten, bis er ihr Kinn fand und ihren

Kopf nach hinten bog. »Gib mir das«, flüsterte er. »Es gehört mir. Gib ... es mir.«

Er wurde fast zerrissen von dem Verlangen, das ihre gequälte Bereitschaft ausgelöst hatte. Der Gedanke, dass sie leere Gefühle kaufte, blitzte auf. Mia hatte gesagt, sie könnte sich über ihre Blutlust erheben. Mia wusste überhaupt nichts, wusste nichts von dem erlesenen Vergnügen. Sie wollte sein Blut, und er wollte ihres. Was für einen Unterschied machte es, wie sie sich morgen fühlen würde? Morgen könnte sie auch tot sein, und es würde keinen Unterschied machen.

Und dann erinnerte sie sich an den gezügelten Hunger in Mia und wusste, dass er stärker war als ihr eigener. Sie erinnerte sich an die Verachtung in Mias Stimme, als sie sie als weinerliches kleines Mädchen bezeichnet hatte, die alles haben könnte, wenn sie nur den Mut hätte, ihrem Drang nach Liebe gerecht zu werden. Selbst wenn sie sie mit ihrer Blutlust verunreinigen musste.

Ivys Herz raste, als sie sich bemühte, die Kraft zu finden, sich von Art zu lösen. Aber die Verlockung dessen, was er ihr geben konnte, war zu stark. Sie konnte nicht. Es war zu tief in ihr verankert. Das war, was sie war. Aber sie wollte mehr, verdammt nochmal. Sie wollte der Scheußlichkeit dessen, was sie wirklich war, entkommen.

Während sie mit sich selbst kämpfte, suchte und fand sie Arts Mund, zog seine Lippen von ihrem Hals und presste ihre darauf. Der salzige, leicht elektrische Geschmack von Blut erfüllte sie, aber es war nicht ihres. Art hatte sich in die eigene Lippe gebissen und erfüllte sie so mit schwindelerregendem Verlangen nach dem Rest von ihm.

Keuchend schob sie sich nach hinten. Es würde hier enden.

Sie wich weiter zurück und fummelte nach der Phiole. Mit schwarzen Augen packte Art ihr Handgelenk. Die winzige Glasflasche hing in ihrem Griff. Ivy wurde rot, als sie vor ihm stand, ihr Arm zwischen ihnen ausgestreckt.

Geduckt wischte sie sich das Blut vom Mund. Er ließ sie los, und sie stolperte nach hinten. Die Phiole war in Arts Hand.

»Was ist das?«, fragte er, wachsam, aber amüsiert, als er den Stopfen herzauszog und daran schnüffelte.

»Nichts«, sagte sie und hatte wirklich Angst, obwohl ihr Körper gegen die Unterbrechung protestierte.

Er saugte ihre Angst in sich auf. Seine Augen wurden noch schwärzer und sein Lächeln noch raubtierartiger. »Wirklich.«

Weil sie Panik hatte, dass er die Phiole fallen lassen und sich wieder auf sie stürzen würde, fummelte sie an ihrer Tasche herum und zog den echten Zauber hervor, schon aktiviert in seiner Seidentasche.

Arts Blick glitt nach unten, und bevor er etwas tun konnte, sprang sie ihn an. Art schüttete in einer geschmeidigen Bewegung den Inhalt der Phiole über ihr aus. Schwere Tropfen, warm von ihrem Körper, trafen sie wie die Schläge einer Peitsche. Das Adrenalin in ihren Adern verursachte ihr Kopfschmerzen, und sie zwang ihre Muskeln dazu, sich zu entspannen. Sie fiel in sich zusammen, als wäre sie in eine Mauer gelaufen und landete dort auf dem Boden, wo sie vor einer Sekunde noch gestanden hatte. Der Teppich brannte auf ihrer Wange, und sie atmete tief aus, als wäre sie in Ohnmacht gefallen.

Dann hörte sie, wie er von einem Fuß auf den anderen trat, während er darüber nachdachte, was passiert war. Sie zwang sich dazu, gleichmäßig und langsam zu atmen, um den Eindruck zu erwecken, sie wäre bewusstlos. Es musste funktionieren. Falls es schieflief, hatte sie nur einen Augenblick, um zu entkommen.

»Ich wusste, dass du etwas versuchen würdest«, sagte Art, ging zur Bar und goss sich etwas ein. Der Untote musste nicht trinken, aber es würde seine Lippe reinigen. »Nicht so clever, wie Piscary behauptet hat«, fuhr er fort, während ein Glas klimperte. »Hast du wirklich gedacht, dass ich dich bei deinem Einkaufstrip nicht verfolgen lasse?«

Ivy spannte ihre Bauchmuskeln an, als er einen Fuß unter ihren Körper schob, um sie umzudrehen. Sie zwang sich dazu schlaff zu bleiben und hielt die Augen geschlossen, als ihr Rücken auf den Teppich knallte. Er könnte sie trotzdem beißen, aber Angst und Verlangen erfüllten das Blut mit köstlichen Stoffen. Ihm wäre es lieber, wenn sie wach war. Ihr Herz raste, als sie die Finger öffnete und den Beutel herausgleiten ließ. Neugier würde die Katze in den Beutel treiben, wo Gewalt versagte.

»Ich bin zweiundvierzig Jahre tot«, sagte er bitter. »Man überlebt nicht so lange, wenn man dumm ist.« Es folgte eine kurze Pause, dann: »Und was zur Hölle sollte das mit mir anstellen?«

Ivy hörte, wie er den Seidenbeutel aufhob und das Amulett in seiner Hand schüttelte. Sie spannte sich an und sprang auf die Beine, als er tief ausatmete. Er stand noch, aber sein Blick wurde bereits leer. Schnell schloss sie seine Finger um das Amulett, bevor es ihm aus der Hand gleiten konnte.

Mit einem Seufzen brach er zusammen, und sie folgte seiner Bewegung, verzweifelt darauf bedacht, das Amulett in seinen Fingern zu halten. Zusammen landeten sie auf dem Teppich, ihr Arm in einem schmerzhaften Winkel unter ihr.

»Man kann so lange überleben, wenn man dumm ist, aber Glück hat«, sagte sie. »Aber dein Glück hat dich verlassen, Artie.«

Langsam zog Ivy die Beine unter den Körper, ihre Hand immer noch um Arts geschlossen. Mit dem Fuß hangelte sie die Stofftasche von der Couch heran. Mit einer Hand zog sie einen Zip-Strip aus mit Plastik überzogenem Metall heraus, wie ihn die I.S. verwendete, um Kraftlinienhexen zu fesseln, die sonst durch eine Linie entkommen konnten. Art konnte keine Kraftlinienmagie verwenden, aber der Strip würde das Amulett an seinem Körper halten. Als das Amulett sicher zwischen dem Band und seiner Handfläche befestigt war, entspannte sie sich.

Sie atmete tief durch und stand auf. Dann zog sie den Fuß zurück und trat ihn. Hart. »Bastard«, sagte sie und wischte seinen Speichel von ihrem Hals. Sie humpelte zur Stereoanlage und schaltete sie aus. Niemals wieder würde sie »Skylark« hören können. Sie wühlte in ihrer Stofftasche, und nachdem sie ihr Telefon gefunden hatte, ging sie zur Treppe. Kurz bevor sie ganz oben war, hatte sie wieder genug Empfang. Sie drückte die Schnellwahltaste und versuchte, gleichzeitig zu lauschen und sich ihr ekelhaftes Oberteil auszuziehen.

»Ivy?«, erklang Kistens Stimme.

»Er ist erledigt. Bring sie rein«, sagte sie.

Ohne auf eine Antwort zu warten, legte sie auf. Sie war nervös. Zitternd zog sie die mitgebrachte Lederhose und das Stretch-Oberteil an, wischte sich Arts Geruch mit einem Erfrischungstuch ab und warf es dann in den großen Müllsack, den sie mitgebracht hatte. Für einen Moment musterte sie das Spitzenoberteil, bevor sie es ebenfalls hineinstopfte. Die Sandalen wanderten in die Stofftasche.

Barfuß ging sie neben Art in die Hocke. Sie zog seine Lippen von seinen Zähnen ab und saugte mit einer Wegwerfpipette genug Speichel und Blut auf, um die leere Salzwasserphiole einen guten halben Zentimeter hoch zu füllen. Als sie damit fertig war, machte sie den Wein auf, setzte sich auf den Rand der Feuerstelle und nahm mit dem Feuer im Rücken einen tiefen Schluck. Er war sauer und sie verzog das Gesicht, nahm aber trotzdem nochmal einen kleineren Schluck. Alles, um den Geschmack von Arts Blut aus ihrem Mund zu entfernen.

Sie grub ihre Zehen in den Teppich und musterte Art, der bewusstlos und hilflos vor ihr lag. Hexenmagie hatte das geschafft. Gott, sie könnten eine ernste Bedrohung innerhalb des Inderlander-Machtgleichgewichts darstellen, wenn sie es gewollt hätten.

Das Geräusch von Schritten auf der Treppe ließ sie sich aufrichten, und sie stellte die Flasche zur Seite. Es war Kisten, der mit einem großen Karton in den Armen die Treppe hinunterstampfte. Ivy schaute ihn an, dann schaute sie genauer hin. Er hatte sich eine graue Latzhose angezogen, wie Arbeiter sie trugen, aber das war es nicht.

»Du trägst den Zauber«, stellte sie fest, und er lief unter seinem jetzt blonden Pony rot an. Er war auch kleiner, und das gefiel ihr nicht.

»Ich wollte immer wissen, ob mir blond stehen würde«, sagte er. »Und es wird mir helfen, als Handwerker durchzugehen.« Grunzend stellte er den Karton mit Dornröschen darin ab. »Allmächtiger«, fluchte er, als er seinen Rücken streckte und Art mit dem an seiner Hand festgebundenen Amulett musterte. »Hier unten riecht es wie in einem billigen Hotel, nach Blut und Bleiche. Hat er dich beflügelt?«

»Nein.« Ivy gab ihm die Flasche und war nicht bereit zuzugeben, wie kurz davor Art schon gewesen war.

Kisten trank und atmete tief durch, als er die Flasche wieder senkte. Seine Augen leuchteten, und er lächelte breit. *Für Kisten nur ein toller Witz*, dachte Ivy deprimiert. Sie hatte gerade rechtzeitig gehandelt. Hätte sie Art nicht erledigt, hätte sie sich ihm ergeben – selbst wenn sie es eigentlich nicht gewollt hatte. Mia hatte Recht. Sie brauchte mehr Übung.

»Wo soll ich sie hinlegen?«, fragte Kisten fröhlich.

Sie zuckte mit den Achseln. »Die Badewanne?«

Kisten hatte offensichtlich Spaß. Er hob den Karton hoch und wanderte den vertäfelten Flur entlang. »Heiliger Jesus!«, schrie er. Ivy hörte ihn durch die Wand nur gedämpft. »Hast du dieses Bad gesehen?«

Müde stand Ivy auf und versuchte, nicht auf Art auf dem Boden zu schauen. »Nein.«

»Ich werde sie in den Whirlpool tun.«

»Er hat einen Whirlpool?« Das erklärte den Geruch nach Chlor. Ivy ging, um es sich anzuschauen, und zog die Augenbrauen hoch, als sie die kleine, in den Boden eingelassene Wanne entdeckte. Kisten hatte den Pool angeschaltet, und auch wenn er noch nicht warm war, wirbelten bereits winzige Blasen in der künstlichen Strömung. Dornröschen dort hineinzulegen würde wahrscheinlich eine riesige Sauerei geben, aber es würde dabei helfen, jegliche Rückstände von Piscary abzuwaschen und zu vertuschen, dass sie einen Tag lang gekühlt worden war. Ganz abgesehen davon, dass es viel schwerer war, eine tropfnasse Leiche loszuwerden als eine trockene. Art war nicht clever genug, um das hinzukriegen, bevor die I.S. vor seiner Tür stand.

Kisten schwieg respektvoll, während sie sich zusammen daranmachten, die Frau noch in der Kiste von der Folie und dem Klebeband zu befreien. Mit zusammengebissenen Zähnen zog Ivy sie aus und reichte die Kleidungsstücke dann Kisten, der sie einzeln mit der Anti-Enzym-Lösung aus der Bar besprühte, um Piscarys Geruch aufzulösen. Die Flasche war noch ziemlich voll, als Kisten sie ihr reichte und sie die Frau mit seiner Hilfe ebenfalls einsprühte. Mit den offenen Wunden gaben sie sich besondere Mühe.

Aufgewühlt suchte sie Kistens Blick und schweigend ließen sie gemeinsam Dornröschen ins Wasser gleiten, so dass sie in einer Ecke hing. Während Kisten aufräumte, holte Ivy den Wein und ein Glas.

Ivy achtete sorgfältig darauf, dass sie keine Fingerabdrücke hinterließ, als sie Dornröschens Hand mehrmals um das Glas legte und es ihr dann noch an die Lippen drückte. Sie träufelte ein wenig Wein in den Mund der Frau, dann füllte sie das Glas halb und stellte es eine Armlänge entfernt neben die Wanne. Man würde keinen Wein in ihrem Magen finden und auch Art hatte ihr Blut nicht in seinem System, aber es ging um den Eindruck. Außerdem musste sie hauptsächlich alle Spuren von Piscary entfernen.

Kisten hielt die Phiole mit Arts Speichel in der Hand. Ivy ging wieder neben dem Whirlpool in die Hocke, nahm einen sterilen Tupfer und verteilte den Speichel auf den offenen Wunden der Frau. Dann stand sie auf und zusammen sahen sie auf die Frau herunter.

»Sie hat ein nettes Lächeln«, sagte Kisten schließlich mit einem kurzen Blick zu Ivy. »Bist du damit zufrieden?«

»Nein, ich bin damit nicht zufrieden«, sagte Ivy und fühlte sich leer. »Aber sie ist tot, oder? Wir können ihr nicht mehr wehtun.«

Kisten zögerte, dann nahm er den Karton und schob sich aus dem Raum. Ivy hob die schwere Schere auf, die er liegen gelassen hatte, und schob sie sich in den Hosenbund. Sie sah auf die Frau herunter, dann ging sie in die Knie und strich ihr die langen Haare aus dem Gesicht. Impulsiv rutschte ihr ein »Danke« heraus, dann stand sie verwirrt wieder auf.

Mit einem üblen Gefühl in der Magengrube ging sie aus dem Raum. Das war scheußlich. Die Dinge, die sie tat, waren scheußlich, und sie wollte sie nicht mehr tun. Ihr Magen verkrampfte sich, als sie Kisten bei Art fand. Sie zwang sich dazu, hoch aufgerichtet zu stehen und teilnahmslos zu wirken. Er hatte die Folie und den zerrissenen Karton bereits zu allem anderen in die Mülltüte gesteckt. »Bist du dir sicher, dass ich ihn nicht nach oben bringen soll?«, fragte er. »Sie ordnen es vielleicht als Selbstmord ein.«

Ivy schüttelte den Kopf, kontrollierte die Unterseite von Dornröschens Schuhen und stellte sie neben die Treppe. »Jeder wird wissen, was ich getan habe, aber solange es keine Beweise gibt, werden sie es mir als querdenken durchgehen lassen. Es ist nicht so, als würde irgendjemand ihn mögen. Aber wenn ich ihn umbringe, dann untersuchen sie alles viel genauer.«

Es war auf so viele Arten perfekt. Art würde für Piscarys Mord vor Gericht wandern und im Gefängnis landen. Sie durfte ihre eigene Halbjahres-Bewertung schreiben. Für eine Weile würde niemand sie belästigen, weil sie nicht wollten, dass auch in ihrem Bad eine Leiche auftauchte. Sie war jemand, den man nicht unterschätzen durfte. Aber der Gedanke machte sie nicht so glücklich, wie sie es erwartet hatte.

Kisten schien es zu bemerken, denn er berührte ihren Arm, damit sie ihn ansah. Sie blinzelte, weil sein Haar die falsche Farbe hatte und er außerdem kleiner war als sie. Es war eine verdammt gute Illusion. »Du hast es gut gemacht«, sagte er. »Piscary wird beeindruckt sein.«

Schnell bückte sie sich, um das Klebeband aufzuheben. Auch dass Piscary stolz auf sie sein würde, hatte nicht den erwarteten Effekt. Für einen Moment hörte man nur das Reißen von Klebeband, das um Arts Handgelenke und Knöchel gewickelt wurde. Das Band würde ihn nicht aufhalten, aber sie mussten es auch nur bis zur Treppe schaffen.

»Bereit?«, fragte Ivy, als sie das Band in ihre Stofftasche fallen ließ und ihre Stiefel herauszog.

Kisten wischte noch ein letztes Mal über mögliche Stellen mit Fingerabdrücken, dann drehte er sich zu ihr um. »Bereit.«

Ivy setzte sich auf die Kaminumrandung und schnürte ihre Stiefel, während sie den Blick noch einmal durch den Raum gleiten ließ. Der Chlorgeruch wurde stärker, weil das Wasser sich erwärmte, und verdeckte so den Leichengestank. Sie wollte einen Moment mit Art allein sein. Warum zur Hölle nicht? Sie hatte es verdient, ein wenig anzugeben. Ihn wissen zu lassen, dass sie ihn dabei erwischt hatte, wie er einen Mord vertuschte. »Warte im Van auf mich«, sagte sie. »Ich komme gleich.«

Kisten war offensichtlich nicht überrascht und grinste. »Zwei Minuten«, sagte er. »Wenn du länger wartest, dann spielst du mit ihm.«

Sie schnaubte und verpasste ihm einen Schlag auf den Hintern, als er mit ihrer Stofftasche und der Mülltüte die Treppe hinaufging. Sein blondes Haar fing das Licht ein, und sie beobachtete ihn, bis er in einer Welle aus Morgenlicht verschwunden war. Dann wartete sie noch, bis sie entfernt hören konnte, wie der Van gestartet wurde. Erst dann drehte sie Arts Handfläche nach oben und zerschnitt mit der Schere den Strip. Sie steckte sie wieder in den Hosenbund, bevor sie zurücktrat und vorsichtig das Amulett aus seiner Hand zog und wieder in seinem Beutel versenkte.

Für einen Moment dachte sie panisch, sie hätte ihn umgebracht, aber ihre Angst musste die Luft erfüllt haben, da Art zusammenzuckte und seine schwarzen Augen auf sie richtete. Er versuchte sich zu bewegen und konzentrierte sich kurz auf das Klebeband, das seine Handgelenke und Füße fesselte. Mit einem leisen Lachen schob er sich an der Couch in eine aufrechte Position. Ivys Gesicht brannte.

»Piscary hält so viel von dir«, erklärte er herablassend. »Er muss sich mal den Sand aus den Augen wischen und dich als das kleine Mädchen sehen, das du bist. Du spielst mit Jungen, die zu groß für dich sind.«

Er spannte die Arme an und Ivy zwang sich, entspannt zu bleiben. Das Klebeband hielt und sie beugte sich vor, um ihm ins Gesicht zu schauen. »Bist du okay?«

»Damit machst du dir nicht gerade Freunde, aber ja, ich bin okay.«

Beruhigt, dass sie ihn nicht verletzt hatte, stand sie auf, nahm die Weinflasche und trank noch einen Schluck. Das Feuer wärmte ihre Beine. »Du warst ein böser Junge, Art«, sagte sie, eine Hand in die Hüfte gestemmt.

Er ließ den Blick über sie gleiten und verspannte sich, als ihm klarwurde, dass sie ihre normale Kleidung aus Leder und Stretch trug. Plötzlich war sein Gesicht ausdruckslos. »Warum läuft mein Whirlpool? Welcher Tag ist heute? Wer war hier?«

Wieder zog er an dem Band, und diesmal fing es an zu reißen. Ivy stellte die Flasche ab und trat nah genug an ihn heran, dass ihr weingeschwängerter Atem seine seidigen Haarsträhnen schwingen ließ. Es war egal, ob man ihre Anwesenheit hier nachweisen konnte. Das gesamte I.S.-Hochhaus wusste, wo sie heute Morgen war. »Ich bin schwer enttäuscht«, sagte sie. »Ich bin hierhergekommen, um unsere Abmachung zu erfüllen, und dann finde ich ein anderes Mädchen?«

Art bewegte seine Schultern und spannte seine Arme an. »Was zur Hölle hast du getan, Ivy?«

Mit einem Lächeln lehnte sie sich über ihn. »Es geht nicht darum, was ich getan habe, Artie. Es geht darum, was ich gefunden habe. Du solltest vorsichtiger mit deinen Keksen sein. Du bröselst überall herum.«

»Das ist nicht lustig«, knurrte er und Ivy ging zur Treppe.

»Nein, ist es nicht«, sagte sie und wusste, dass das Klebeband genau so lange halten würde, wie er ahnungslos war. »Du hast ein totes Mädchen in deinem Whirlpool, Artie, und ich bin jetzt weg. Die Abmachung ist geplatzt. Ich brauche deine Zustimmung nicht mehr, um in die Abteilung Arkanes zu kommen. Du wanderst in den Knast.«

»Ivy!«, rief Art, und sie drehte sich um, als sie hörte, wie das Klebeband riss.

Mit rasendem Puls zögerte sie. Sie war sicher. Es war geschehen. »Du hast einen Fehler gemacht, Art«, sagte sie und registrierte die Wut auf seinem Gesicht. »Du hättest mich nicht benutzen sollen, um zu versuchen, den Mord an dieser Hexe zu vertuschen.« Sein Gesicht verlor jede Farbe. »Das hat mich wütend gemacht.« Sie schickte ihm eine hasenohrige »Küsschen, Küsschen«-Geste, dann drehte sie sich um und stieg provozierend langsam die Treppe nach oben.

»Das wird nicht funktionieren, Ivy!«, schrie er. Ihr Herz machte einen Sprung, als ein zweites Reißen erklang, aber sie stand bereits oben an der Treppe, und es war viel zu spät. Sie lächelte, als sie in seine Küche trat. Er hing mit der Leiche da unten fest, bis die Sonne unterging. Wenn er Hilfe holte, dann würde es nur noch belastender aussehen. Ein anonymer Hinweis eines besorgten Nachbarn würde innerhalb von einer halben Stunde die I.S. vor seine Tür bringen. »Nichts für ungut, Art«, sagte sie. »Ist rein geschäftlich.« Sie machte sich daran, die Tür zu schließen, damit er nicht lichtkrank wurde, dann zögerte sie einen Moment. »Wirklich«, fügte sie hinzu und schnitt mit der Tür seinen wütenden Schrei ab.

Sie nahm ihre Stofftasche, die Kisten für sie stehen gelassen hatte, und schlenderte durch die Haustür nach draußen. Kisten wartete auf sie, und sie glitt auf den Beifahrersitz. Ihre Tasche warf sie nach hinten. Sie stellte sich die unterirdische Wut vor und war froh, dass sie einfach gehen konnte. Es war egal, ob irgendwer sah, dass sie ging. Sie sollte hier sein.

»Genau zwei Minuten«, sagte Kisten und lehnte sich zu ihr, um sie zu küssen. Er trug immer noch das Verkleidungsamulett und sie erwischte ihn dabei, wie er seine Haare musterte. »Bist du okay, Liebes?«, fragte er mit übertriebenem englischem Akzent und spielte an seinem Pony herum.

Als er losfuhr, rollte sie das Fenster herunter und hängte ihren Arm nach draußen. Die Sonne wärmte sie. Sie erinnerte sich daran, wie sie unfähig gewesen war, Art zu widerstehen, und natürlich an die verlockende Blutlust. Nein zu sagen, war unmöglich gewesen, aber sie hatte ihn aufgehalten – ihn, und sich selbst. Es war schwer gewesen, aber auf melancholische Art fühlte es sich gut an. Es war nicht das berauschende Gefühl von Ekstase, mehr ein Sonnenstrahl, der zuerst unbemerkt bleibt, aber dessen Wärme zunimmt, bis man sich … gut fühlte.

»Mir geht's gut«, sagte sie und blinzelte in die Morgensonne. »Ich mag, wer ich heute bin.«

6

Ivy ließ den leeren Karton auf ihren Schreibtisch fallen und setzte sich davor. Sie wippte in ihrem Stuhl, bis jemand an ihrer offenen Tür vorbeiging. Dann nahm sie eine offiziellere Haltung an und ließ die Augen durch ihr Büro gleiten. Sie zog die Augenbrauen hoch, nahm ihren Lieblingsstift aus dem Becher und warf den leeren Karton vor die Tür. Der Knall stoppte den Klatsch und sie lächelte. Sie konnten alles haben. Sie wollte nur ihren Lieblingsstift. Na ja, und eine dickere Lederhose. Und eine aktuelle Karte der Stadt. Ein Computer wäre hilfreich, aber sie würden nicht zulassen, dass sie den von hier mitnahm. Bequeme Stiefel. Und eine Sonnenbrille – eine verspiegelte.

Ein leises Klopfen an ihrer Tür ließ sie den Kopf wenden, und sie lächelte, ohne Zähne zu zeigen. »Rat«, meinte sie freundlich. »Willst du mich verabschieden?«

Der große Officer schob sich ins Büro. In seiner Hand hielt er eine Aktenmappe. »Ich habe die Bürowette gewonnen«, sagte er und senkte kurz den Kopf. »Ich habe hier deine, ähm, Versetzungspapiere. Wie geht's?«

»Hängt davon ab.« Sie lehnte sich über den Tisch und biss sich spielerisch in die Fingerspitzen. »Was wird gemunkelt?«

Er lachte. »Du bist gemein. Eine Zeit lang wird dich niemand anschauen.« Er zog die Augenbrauen zusammen und trat noch einen Schritt vor. »Bist du dir sicher, dass du nicht in der Abteilung Arkanes arbeiten willst? Noch ist es nicht zu spät.«

Ivys Puls beschleunigte sich, als sie die Verlockung der Blutlust spürte, von der sie wusste, dass sie ihr nicht widerstehen konnte. »Ich will nicht mehr in Arkanes arbeiten«, sagte sie mit gesenktem Blick. »Ich muss mal hier unten raus. Ein wenig Zeit an der Sonne verbringen.«

Der Officer fiel in sich zusammen und hielt die Mappe vor sich wie ein Feigenblatt. »Du machst sie mit dieser Rebellionstour sauer. Das ist nicht Piscarys Camarilla, das hier ist Geschäft. Sie hatten heute Morgen im untersten Stockwerk ein Meeting, das sich um dich drehte.«

Angst durchfuhr sie, wurde aber schnell unterdrückt. »Sie können mich nicht feuern. Es gab keinerlei Beweise, dass ich etwas mit diesem Mädchen in Arts Badewanne zu tun hatte.«

»Nein. Du bist raus aus der Sache. Und erinnere mich daran, immer nett zu dir zu sein.« Er grinste, aber es verblasste schnell wieder. »Du hast diesen Tatort verunreinigt, aber das ignorieren sie weitgehend. Du solltest eine Weile die Füße still halten und tun, was sie von dir wollen. Du hast dein gesamtes Leben und Nachleben noch vor dir. Versau dir nicht alles in deinen ersten sechs Monaten.«

Ivy zog eine Grimasse und ließ ihren Blick an ihm vorbei zu den Schreibtischen gleiten. »Sie begründen bereits meine Degradierung mit meinem ... Fehler. Sie können mich nicht zweimal für dasselbe bestrafen.« In Wirklichkeit wurde sie degradiert, weil sie sich geweigert hatte, in die Abteilung Arkanes zu wechseln. Soweit es sie betraf, war das in Ordnung.

»Offiziell«, sagte er. »Was hinter geschlossenen Türen passiert, ist etwas ganz anderes. Du machst einen Fehler«, beharrte er. »Sie können deine Talente hier unten brauchen.«

»Meinst du nicht eher eine frische Infusion?« Rat verzog das Gesicht, doch sie lehnte sich nur in ihrem Stuhl zurück. Ihr war bewusst, dass es sie in eine Machtposition brachte, dass er stand und sie saß. »Was auch immer. Ich lasse mich nicht manipulieren, Rat. Ich würde lieber eine Gehaltskürzung akzeptieren und irgendwo hingehen, wo ich mich für eine Weile nicht um Politik kümmern muss.«

»Wenn es nur so einfach wäre.« Rat ließ die Aktenmappe auf ihren Tisch fallen als hätte sie eine tiefergehende Bedeutung. »Ähm, ich dachte, du würdest gerne die Akte deiner neuen Partnerin sehen.«

Mit einer geschmeidigen Bewegung setzte Ivy sich auf. »Hey. Leg die Kappen an. Ich habe zugestimmt, nach oben zu ziehen, aber niemand hat etwas von einem Partner gesagt.«

Rat zuckte mit den Achseln. »Sie können dein Gehalt nicht kürzen, also arbeitest du ein Jahr lang auch noch als Anstandsdame für einen Neuling. Anfängerin mit zwei Jahren Sozialwissenschaften und drei Jahren Vertraute-aus-Bäumen-retten. Das Management will, dass sie mit jemandem zusammenarbeitet, der mehr ... ähm, nach dem Handbuch vorgeht, bevor sie sie als Runner einsetzen. Also gehört sie dir, Ivy. Lass dich von ihr nicht umbringen. Wir mögen dich genau so, wie du bist.«

Der letzte Satz troff vor Sarkasmus und mit glühendem

Gesicht schob Ivy die Mappe von sich. »Sie ist noch nicht mal ein Runner? Ich habe zu schwer für meinen Abschluss gearbeitet, um als Babysitter zu arbeiten. Auf keinen Fall.«

Rat lachte leise und schob die Mappe mit einem breiten Finger wieder zu ihr zurück. »Auf jeden Fall. Außer du willst nach unten in die Abteilung Arkanes ziehen, wo du hingehörst.«

Ivy knurrte fast. Sie hasste ihre Mutter. Sie hasste Piscary. *Nein, sie hasste die Kontrolle, die sie über sie hatten.* Langsam zog sie die Mappe zu sich und schlug sie auf. »Oh, mein Gott«, hauchte sie, als sie das Bild betrachtete und entschied, dass es viel schlimmer nicht mehr kommen konnte. »Eine Hexe? Sie haben mir eine *Hexe* als Partnerin zugeteilt? Wessen glänzende Idee war *das* denn?«

Rat lachte, so dass Ivy vom Foto ihrer »Partnerin« aufsah. Sie sackte in ihrem Stuhl zusammen und versuchte, nicht zu böse zu schauen. Obwohl es offensichtlich eine Bestrafung sein sollte, war das vielleicht gar nicht so schlecht. Eine Hexe wäre nicht hinter ihrem Blut her, und die Erleichterung, nicht ständig kämpfen zu müssen, wäre vielleicht die zusätzliche Arbeit wert, die ihr ein so schwacher Partner machen würde. *Eine Hexe? Sie lachten doch über sie. Das gesamte Hochhaus lachte über sie.*

»Du hast gesagt, dass das Management sie nicht allein laufen lassen will. Was stimmt nicht mit ihr?«, fragte sie. Rat legte eine schwere Hand auf ihre Schulter und sie kam widerwillig auf die Beine, als er an ihr zog.

»Nichts«, sagte er mit einem Grinsen. »Sie ist nur impulsiv. Es ist eine im Himmel gestiftete Partnerschaft, Ivy. Ihr werdet beste Freundinnen sein, bevor die erste Woche vorbei ist: werdet gemeinsam einkaufen gehen, Schokolade essen, euch nach der Arbeit Frauenfilme reinziehen. Du wirst es lieben! Vertrau mir.«

Ivy ging auf, dass sie die Zähne zusammenbiss, und sie zwang sich, sich zu entspannen, bevor sie Kopfweh bekam. Ihr Partner war durchgeknallt. Ihr neuer Partner war ein durchgeknalltes Mädchen, das Runner werden wollte. Das würde die reinste Hölle werden. Rat lachte, und nachdem sie keine andere Möglichkeit sah, schob sich Ivy die Mappe unter den Arm und ging mit Rat zur Tür. Sie tauschte ihr altes Büro und seine beruhigend vertrauten Wände gegen einen Schreibtisch im Großraumbüro und schlechten Kaffee.

Na ja, es war nur ein Jahr. Wie schlimm konnte es schon werden?

»ICH GLAUBE GANZ FEST DARAN, DIE GROSSE LIEBE NOCH ZU FINDEN!«

Ein Gespräch mit Rachel Morgan

IHR NAME:	Rachel Morgan
IHR JOB:	Kopfgeldjägerin
IHRE STADT:	Cincinnati
IHRE QUALIFIKATION:	Erdhexe mit dem Talent sich in Schwierigkeiten zu bringen
IHRE PARTNER:	Eine lebende Vampirin mit Selbstfindungsproblemen und ein Pixie mit großer Klappe und noch größerer Kinderschar
IHRE AUFGABE:	Vampire, Hexen und andere finstere Kreaturen zur Strecke bringen
IHR PROBLEM:	Sie hat selbst eine düstere Vergangenheit ...
IHRE FÄLLE:	Blutspur, Blutspiel, Blutjagd, Blutpakt, Blutlied, Blutnacht, Blutkind, Bluteid

Sie ist eine der erfolgreichsten und bekanntesten Geschäftsfrauen Cincinnatis und das im zarten Alter von 25. Rachel Morgan wirbelt die Inlander-Szene (Inlander: magische Wesen wie Hexen, Vampire, Feen und Kobolde, die seit dem großen Wandel verstärkt in der Öffentlichkeit stehen, *Anm. der Red.*) gehörig durcheinander und gilt als die Topexpertin in Fragen der Kriminalitätsbekämpfung in magischen Kreisen. Die sexy Erdhexe ist Mitbegründerin der ersten und bisher einzigen Agentur für Inlander-Angelegenheiten und kann sich vor Aufträgen kaum retten. Unsere Lektorin traf Rachel Morgan zum Gespräch.

F: Rachel, Sie sind die Gründerin einer der innovativsten und erfolgreichsten Inlander-Agenturen Cincinnatis, und man kann Sie wohl ohne zu übertreiben als Selfmadewoman bezeichnen. Wie sind Sie auf die Idee gekommen, sich selbstständig zu machen?

RM: Die Idee wurde quasi aus der Not heraus geboren. Bei der I.S. (Inlander-Security, eine Art Sicherheitsbehörde für magische Wesen, im Gegensatz zum FIB, das für Menschen zuständig ist, *Anm. der Red.*) sah ich für mich persönlich keine Chance mehr, mich weiterzuentwickeln. Und mit meinem Boss habe ich mich auch überhaupt nicht verstanden. Da war es einfach an der Zeit zu gehen. Außerdem hat es sich gut getroffen, dass meine Kollegin und Freundin Ivy Tamwood ebenfalls die Schnauze von der I.S. voll hatte. Also haben wir uns einfach zusammengetan. Blöd nur, dass unser Ex-Boss die ganze Sache überhaupt nicht lustig fand und mir ein Killerkommando auf den Hals gehetzt hat. Mein Ruf war da natürlich erstmal ruiniert, was nicht besonders angenehm ist, wenn man sich gerade selbstständig gemacht hat und sich in der Branche erst noch einen Namen machen muss. Mir, Ivy und Jenks, dem Dritten in unserem Bund, blieb bloß eine einzige Möglichkeit, uns die I.S. vom Hals zu schaffen: Trent Kalamack, den fiesesten Gangster von ganz Cincinnati, des Rauschgiftschmuggels zu überführen. Klar, dass der sich das nicht so einfach gefallen ließ, und zum Gegenschlag ausholte.

Wie alles begann ...

F: Sie haben bei Ihrer Arbeit mit einer Menge fragwürdiger Gestalten Kontakt, vereiteln kriminelle Machenschaften und setzen sich dabei häufig riskanten Situationen aus. Was war ihr bisher gefährlichster Fall?

RM: Hm, schwierige Frage. Riskant ist es fast immer, aber am gefährlichsten war eigentlich, als wir einen Serienmörder überführen mussten, der es auf Hexen abgesehen hatte. Aber natürlich war ich da auch persönlich stärker betroffen als Ivy und Jenks. Eigentlich fing auch alles ganz harmlos an, als Sara Jane, die Sekretärin Trent Kalamacks, ihren Freund als vermisst gemeldet hat. Natürlich haben sich die bei der I.S., lahm wie sie sind, nicht darum gekümmert, weswegen auch noch das FIB eingeschaltet wurde, das wiederum mich mit dem Fall beauftragt hat. Die Agentur lief damals noch nicht so gut, und ich brauchte dringend das Geld. Als kurz darauf noch weitere Kraftlinienhexen spurlos verschwunden sind und mir klarwurde, dass wir es hier mit einem Serientäter zu tun hatten, war ich zunächst davon überzeugt, das Trent Kalamack seine Finger im Spiel hatte. Doch so einfach war es natürlich nicht und kurz bevor es mir gelang, den Fall aufzuklären, wurde es noch einmal richtig gefährlich.

Rachels gefährlichster Auftrag

F: Ihre Geschäftspartnerin Ms. Ivy Tamwood ist ein lebender Vampir. Ich stelle mir die Zusammenarbeit mit einem Vampir, nun sagen wir einmal, interessant vor. Wie kommen Sie und Ms. Tamwood miteinander aus?

RM: (*grinst*) Da sprechen Sie ein sensibles Thema an. Das Verhältnis zwischen mir und Ivy ist tatsächlich nicht ganz unkompliziert, vor allem, da wir ja auch noch zusammen in einer verlassenen Kirche wohnen, die wir uns neu eingerichtet haben. Wenn man die ganze Zeit so eng aufeinanderhockt, verschwimmen manchmal die Grenzen zwischen Beruflichem und Privatem. Hinzu kommt, dass Ivy auch ein natürliches Bedürfnis hat, ihren Blutdurst zu stillen, auch wenn sie als lebender Vampir das Blut nicht zum Überleben braucht. Das hat gerade am Anfang das Zusammenleben und -arbeiten mit ihr erschwert. Gerade zu der Zeit als ich mir einen aufdringlichen Dämon vom Hals schaffen musste, ausgerechnet Trent Kalamack mich als seine Leibwächterin engagierte, in Cincinnati ein regelrechter Krieg der Unterweltbosse ausgebrochen war, in den wir verwickelt wurden – was uns beinahe das Leben gekostet hätte –, war es schwierig, sich auch noch damit auseinanderzusetzen. Und darüber hinaus wollte Jenks zu dieser Zeit die Agentur verlassen! Aber mittlerweile haben wir die richtige Balance in unserer Geschäftsbeziehung und unserer Freundschaft gefunden.

Vampire, Dämonen und ein Krieg der Unterweltbosse

F: Die Branche erhält ja momentan einen wahnsinnigen Zulauf. Hexen, Vampire, Pixies und Feen liegen absolut im Trend. Was würden Sie jungen Mädchen raten, die diesen Beruf ergreifen wollen?

RM: Es gibt nichts, was es nicht gibt. Darauf sollte man vorbereitet sein. Und man muss wissen, wem man vertrauen kann und wem nicht. Als sich mein Ex-Freund Nick als Fiesling erster Güteklasse herausstellte, hat mich das schon sehr erschüttert. Vor allem weil er auch noch den Sohn von Jenks mit in seine illegalen Geschäfte hineingezogen hat und wir alle Hände voll damit zu tun hatten, den Jungen da wieder rauszuholen.

Denn Nick war tatsächlich blöd genug, eine wertvolle Dämonenstatue zu stehlen, die das Gleichgewicht zwischen der magischen Bevölkerung in Cincinnati garantiert. Dreck auf Toast, damals ist die Hölle in der Stadt losgebrochen, das können Sie mir glauben.

Ein Pixie in Schwierigkeiten

F: Sie haben als Hexe und Geschäftsfrau einen mehr als vollen Terminkalender. Und dann engagieren Sie sich auch noch ehrenamtlich in einem Wolfsrudel. Wie bekommen Sie das alles unter einen Hut?

RM: Ich könnte jetzt natürlich sagen, dass das alles eine Frage der Organisation und der Selbstdisziplin ist, würde dann aber lügen. (*Sie kichert*) Ich bin nämlich selbst alles andere als strukturiert. Dafür ist bei uns in der Agentur Ivy zuständig. Die Rolle als Alpha-Wölfin im Werwolfsrudel habe ich auch nur David zuliebe übernommen. Der ist ein alter Kumpel von mir, und als er mich gefragt hat, ob ich ihm bei der Gründung des Rudels behilflich sein und auch gleich die Alpha-Position übernehmen könnte, wollte ich ihm diesen Gefallen natürlich nicht abschlagen. Schwierig wurde es eigentlich auch erst, als das Rudel in den Besitz des »Fokus« gekommen ist. Das ist ein magisches Artefakt, das bei Werwölfen einen sehr hohen Stellenwert hat. Plötzlich waren auch alle anderen Rudel hinter dem Ding her, und Sie können sich ja vorstellen, wie das ist, wenn sich mit Hormonen vollgepumpte Jungs um etwas streiten. Ein Unglück kommt ja selten allein, wie man so schön sagt, und plötzlich haben sich auch noch Trent Kalamack und der Meistervampir Piscary eingemischt, die uns den »Fokus« abspenstig machen wollten. Das war aber noch nicht einmal das Schlimmste, denn dann wurde David des Mordes verdächtigt. Ich kann Ihnen verraten, manchmal ist es schon ganz schön stressig. Aber Gott sei Dank habe ich gute Freunde, auf die ich mich verlassen kann und die mir den Rücken freihalten. Und ehrlich gesagt, ich möchte keinen Aspekt meiner Arbeit vermissen.

Wölfe außer Rand und Band

F: Kommt Ihr Privatleben dabei nicht zu kurz?

RM: An ein ausgefülltes Privatleben ist in meinem Job tatsächlich nicht zu denken. Es ist für einen Partner natürlich auch nicht ganz einfach, mit meinem Beruf klarzukommen. Die unregelmäßigen Arbeitszeiten, die latente Lebensgefahr ... damit muss man schon umgehen können. Und als ich glaubte, in dem sexy Vampir Kisten, endlich meinen Traumtypen gefunden zu haben, nahm das Ganze ein mehr als tragisches Ende. (*Sie schnieft und in ihren Augen schimmern Tränen)*. Allerdings blieb mir nicht viel Zeit zu trauern, denn noch ehe ich Kistens Verlust richtig verarbeiten konnte, war mir auch schon Algaliarept, ein Dämon, der mir seine Verbannung zu verdanken hatte, auf den Fersen. Dämonen sind sensible Kreaturen und leicht beleidigt. Algaliarept nahm seine Verbannung sehr persönlich und war auf Rache aus. Dabei ist er allerdings etwas über das Ziel hinausgeschossen und hat nicht nur mein Leben in Gefahr gebracht, sondern auch das weiterer Personen. Viel Zeit zum daten bleibt da selbstverständlich nicht. Aber ich gebe die Hoffnung nicht auf. Ich glaube ganz fest daran, die große Liebe doch noch zu finden.

Rachel und die Liebe

F: Man hat Sie in letzter Zeit wieder häufiger mit Pierce gesehen und munkelt, Sie beide verbinde mehr als bloß Freundschaft. Ist an den Gerüchten was dran?

RM: Pierce und ich kennen uns noch von früher. Er hat mir in der schwierigen Zeit nach Kistens Tod sehr geholfen. Zumal es auch beruflich drunter und drüber ging. Mysteriöse Überfälle auf Inlander und Menschen hielten ganz Cincinnati in Atem. Die Opfer wurden ihrer Auren beraubt und überlebten die Angriffe nur schwer verletzt, oder – in einigen schlimmen

Fällen – gar nicht. Als ich durch Zufall an einem der Tatorte auf eine Banshee-Träne gestoßen bin, war mir sofort klar, dass die Bevölkerung Cincinnatis in allerhöchster Gefahr schwebt. Doch eine Banshee dingfest zu machen, ist alles andere als einfach. Deshalb war ich sehr froh, Pierce an meiner Seite zu wissen. Er ist wirklich ein verdammt gut aussehender Geist! Ob sich mehr daraus entwickelt, werden wir sehen ...

Ein Geist für alle Fälle

F: Wenn Sie sich selbst in drei Worten beschreiben würden, welche würden das sein?

RM: Meine Freunde würden wahrscheinlich sagen, ich bin chaotisch, leichtgläubig und stur. Ich ziehe es allerdings vor, mich eher als willensstark zu bezeichnen. Ich lasse mich unter keinen Umständen unterkriegen. Als der Hexenzirkel Cincinnatis mich verdächtigt hat, Schwarze Magie zu praktizieren und mich einfach ohne Anhörung in Alcatraz einbuchten wollte, konnte ich mir das natürlich nicht gefallen lassen. Ich habe alles darangesetzt, meine Unschuld zu beweisen – auch wenn das bedeutete, dass ich einen Deal mit Trent Kalamack machen musste. Und der ist ja nun wirklich der letzte Kerl auf Erden, mit dem ich etwas zu tun haben möchte. Aber manchmal muss man eben auch Kompromisse eingehen. *(Sie überlegt kurz)* Also wenn ich mich in drei Worten charakterisieren müsste, würde ich sagen: kompromissbereit, willensstark und ... na ja, vielleicht doch ein bisschen chaotisch.

Flucht aus Alcatraz

F: Was wünschen Sie sich für die Zukunft?

RM: Ich hoffe, dass es mit der Agentur erfolgreich weitergeht und noch viele spannende Fälle auf mich warten.

F: Rachel, es war mir eine ganz besondere Freude, Sie kennenzulernen. Ich bedanke mich für das Gespräch und wünsche Ihnen weiterhin alles Gute.

RM: Das kann ich nur zurückgeben.

Mystery

Düster! Erotisch! Unwiderstehlich!

Diese Ladies haben keine Angst im Dunkeln: Die Mystery-Starautorinnen des Heyne Verlags schicken ihre Heldinnen und Helden ohne zu zögern in die finstere Welt des Zwielichts. Denn dort erwarten sie die gefährlichen, romantischen Verstrickungen der Nacht...

978-3-453-53282-3

J. R. Ward
Mondspur
978-3-453-56511-1

Patricia Briggs
Bann des Blutes
978-3-453-52400-2

978-3-453-53309-7

Christine Feehan
Jägerin der Dunkelheit
978-3-453-53309-7

Kim Harrison
Blutspiel
978-3-453-43304-5

Leseproben unter: **www.heyne.de**

HEYNE ‹

Kim Newman

Die Vampire

Vergesst, was immer ihr über Dracula und seine düstere Sippschaft zu wissen glaubt – dies ist die wahre Geschichte! Eine Geschichte, die damit beginnt, dass der Vampirjäger Abraham Van Helsing versagt: Es gelingt ihm nicht, Graf Dracula in Transsylvanien zu töten. Was verheerende Folgen hat: Der Fürst der Vampire wird zum Prinzgemahl Queen Victorias und versetzt mit seinen blutsaugenden Gesellen das London der Jahrhundertwende in Angst und Schrecken…

978-3-453-53296-0

»Ein Höhepunkt in der Geschichte der Horrorliteratur! Newman hat etwas ganz und gar Eigenes geschaffen.«
Publishers Weekly

Leseprobe unter: **www.heyne.de**

HEYNE ‹

Patricia Briggs

Die *New York Times*-Bestsellersaga um Mercy Thompson

»Werwölfe sind verdammt gut darin, ihre wahre Natur vor den Menschen zu verbergen. Doch ich bin kein Mensch. Ich kenne sie, und wenn ich sie treffe, dann erkennen sie mich auch!«
Mercy Thompson

»Magisch und dunkel – Patricia Briggs' Mercy-Thompson-Romane sind einfach großartig!« *Kim Harrison,* Autorin von *Blutspur*

978-3-453-52373-9

Band 1: Ruf des Mondes
978-3-453-52373-9

Band 2: Bann des Blutes
978-3-453-52400-2

Band 3: Spur der Nacht
978-3-453-52478-1

Band 4: Zeit der Jäger
978-3-453-52580-1

Band 5: Zeichen des Silbers
978-3-453-52752-2

Leseproben unter: **www.heyne.de**

HEYNE ‹